dirigée par
Noël Audet

Sarabande

Du même auteur

Motel Plage St-Michel, VLB éditeur, 1986

Sarabande

GUYLÈNE SAUCIER

roman

ÉDITIONS QUÉBEC/AMÉRIQUE

425, RUE SAINT-JEAN-BAPTISTE, MONTRÉAL, QUÉBEC H2Y 2Z7 (514) 393-1450

Données de catalogage avant publication (Canada)

Saucier, Guylène
Sarabande
  (Collection Littérature d'Amérique)

  ISBN 2-89037-570-6

  I. Titre.   II. Collection.

PS8587.A3863S27 1992   C843'.54   C92-096132-0
PS9587.A3863S27 1992
PQ3919.2.S28S27 1992

Dépôt légal:
1e trimestre 1992
Bibliothèque nationale du Québec
Bibliothèque nationale du Canada

Montage
Andréa Joseph

M. Georges

juillet 76

Le motel est affalé le long de la route. Son perron de bois empiète sur l'accotement. Près de la porte tient encore une planche sur laquelle on peut lire quelques lettres du mot office. Une rangée drue de pins borde le bâtiment des chambres. L'allée de gravier est couverte d'un tapis d'aiguilles rousses; par soir de grand vent, les aiguilles tombent en fine neige sur le toit et roulent sur le perron. Le motel compte douze chambres alignées sur un seul étage. Chacune des portes a été peinte d'une couleur différente, comme si on avait voulu les distinguer sans avoir à les numéroter. Une applique de métal indiquant le chiffre onze a été clouée sur la dernière porte. À part ce détail, elle ne semble pas mieux tenue que les autres.

Entre les chambres et le bâtiment de la réception se trouve un chemin suffisamment large pour y circuler en voiture. Le stationnement à l'arrière est encombré de ferrailles et de débris empilés en vrac. Plusieurs tonneaux de bois ont été cordés sous les arbres.

Dans les environs de la ville, tout le monde sait que ce motel tenu par M. Georges n'accueille plus de clients. Il est fréquenté seulement par des vieux qui viennent y boire un gin au milieu de l'après-midi. M. Georges ne les fait pas payer, ce sont de bons amis dont il apprécie la compagnie. William Ruben n'y serait jamais arrêté si on ne lui en avait fait avec précision la description: un pont, une station-service Shell, puis, après le champ de maïs, un bâtiment blanc, dépeinturé, entouré de pins.

La pièce de la réception est vaste. À part le comptoir rempli de paperasses, un petit salon est aménagé devant trois fenêtres étroites. Des fauteuils aux tissus déteints, un sofa en osier, une table basse munie d'une lampe aux appliques de céramique et une moquette tressée gisent mal ordonnés dans la pièce. Les semelles du vieil homme laissent entendre un crissement sur le parquet poussiéreux lorsqu'il se déplace, accompagné d'un léger cliquetis de griffes. Son chien le suit partout.

Un vieux téléviseur est posé sur une commode d'acajou sculptée qui contraste avec la pauvreté des lieux. Une odeur de pipe et de crasse flotte dans l'air. Le vieux porte une chemise à carreaux ouverte sur sa camisole. Il a un visage rougeaud et bonasse, des cheveux blancs et parle d'une voix saccadée.

Je ne me suis pas méfié. Ce n'est qu'un passant qui s'est arrêté par hasard, que je m'étais dit. Comment aurais-je pu imaginer autre chose? Cette façon de se pencher vers moi, de me regarder avec insistance. Il a mis son portefeuille sur le comptoir pour montrer qu'il était prêt à payer. Je lui ai loué la première chambre près de la route. J'étais sûr qu'il repartirait tout de suite, avant même d'avoir déposé ses affaires. Il est resté. Un Américain. Je ne l'ai pas su tout de suite. Ça ne change rien. Il n'aurait pas fallu que j'accepte de lui louer une chambre. C'était au milieu de la semaine, j'étais en train de laver des verres dans la cuisine quand il est arrivé. Il faisait claquer ses clés sur le comptoir pour me faire savoir qu'il était là. Je le savais déjà, parce que mon chien s'était levé de son tapis et qu'il s'était pointé le museau dans l'embrasure de la porte pour le voir entrer. Le jeune se tenait accoudé au comptoir, il souriait vaguement. Il s'est mis à me parler en anglais d'une voix forte et en martelant ses mots comme si j'étais sourd. Je me suis avancé à la fenêtre et j'ai vu sa voiture, une vieille Chrysler verte. J'ai pensé qu'il était en panne ou qu'il cherchait sa route. Je ne m'attardais pas à ce qu'il disait, ça ne m'intéressait pas. Je trouvais curieux qu'il soit vêtu d'un long ciré jaune. Je me suis penché pour regar-

der le ciel. Il ne pleuvait pas. Le pavé semblait sec. Il
a montré du doigt les clés des chambres accrochées
aux clous derrière le comptoir, puis il a sorti son
portefeuille. Il devait s'imaginer que je ne comprenais pas ce qu'il voulait. Je ne l'avais jamais vu ici
avant. Je fouille dans ma mémoire, et il est clair que
c'était la première fois que je le voyais.

Je me suis demandé ce qu'il faisait ici, dans cette
ville. Il a écrit lui-même son nom dans le registre:
William Ruben. Un jeune gars, la peau lisse. Je
n'aime pas louer des chambres, je ne le fais jamais.
Avec toute cette poussière, il n'y a plus personne
qui entrerait dans l'une d'elles sans plisser le nez de
dégoût. Elles sont défraîchies, les plafonds sont dé-
plâtrés par endroits et les murs suintent. Je n'aime
pas faire venir la bonne pour nettoyer. Je suis trop
vieux. Le silence et mon chien, ça me suffit.

Je lui ai tendu une clé, il m'a remercié poliment.
Une chose pourtant m'agaçait: il regardait partout
autour de lui comme s'il n'avait jamais rien vu. Ses
yeux clairs faisaient le tour de la pièce, des murs, des
meubles, s'arrêtaient au calendrier, fouillaient mon
visage. Il a même failli étirer le cou pour lorgner du
côté de la cuisine. Déjà, j'aurais dû me méfier.

Lorsqu'il est sorti, je l'ai observé par la fenêtre.
Il avait garé sa voiture en travers de l'allée, il blo-
quait tout le passage. Il a pris un sac de voyage dans
le coffre de sa voiture, un petit sac en tissu râpé qui
ne pouvait pas contenir grand chose. Il a eu du mal
à déverrouiller la porte de la chambre. Il l'a cla-
quée derrière lui, et n'est plus reparu. J'ai attendu
en vain, appuyé au bord de la fenêtre, certain qu'il
finirait par ressortir, qu'il s'enfuirait en inventant

une excuse. Il s'est enfermé dans cette chambre pendant deux heures, au beau milieu de l'après-midi. C'était juillet, la chaleur devenait insupportable, le vent était tombé et il régnait une sorte d'immobilité dans l'air. Je me suis pelé une orange et je l'ai mangée en regardant dehors. Je l'imaginais allongé sur le lit, la tête enfoncée dans un oreiller puant. Qu'est-ce qui l'amenait ici? J'ai songé vaguement à son ennui, puis j'ai pensé à autre chose. Je regardais mes champs de maïs s'iriser dans le couchant, et ma rangée de pins en sentinelle au bord de la route.

Le soir même, j'étais en train de souper devant la télévision lorsqu'il est reparu. Il tenait une ampoule grillée à la main. Je suis allé voir dans le placard, mais je n'en avais plus de rechange, alors je lui ai dévissé celle de la lampe du petit salon. Du coup, la lumière a baissé de moitié. Il est devenu nerveux. Dans l'obscurité, il paraissait encore plus jeune. Il portait une veste grise en tweed enfilée sur une chemise en tricot, il ressemblait à un écolier. Il a brusquement pouffé de rire, d'un rire aigu et saccadé. Puis, il a plaqué la main sur sa bouche, gêné sûrement de n'avoir pas pu se contenir. Il restait devant moi, l'ampoule à la main, hésitant à s'éloigner. Peut-être qu'il n'y voyait plus très bien. Il s'est dirigé vers la porte avec une infinie prudence. Il a même failli buter sur mon chien qui s'est déplacé pour l'éviter. Avant de sortir, il a voulu s'assurer que je ne serais pas incommodé par le manque d'éclairage. Je lui ai répondu non de la tête, en faisant des gestes pour le chasser.

Je connais les bruits du motel par cœur. Des fois,

les arbres craquent comme si une planche se cassait. Les oiseaux piétinent les gouttières et battent des ailes contre le bord du toit. Le vent a une façon de venir du bout du champ, de se frotter aux épis de maïs. Le froid aussi, quand il s'approche l'hiver, je l'entends. Les voiles de la nuit, et le soleil qui circule dans la maison en partant de la fenêtre de la cuisine jusqu'au hall, je sais tout ça. Je me berce devant la porte, j'ouvre la télévision et je ne suis pas dérangé. Des amis viennent, des vieux comme moi; je les connais. Mais un étranger qui menace d'arriver n'importe quand, ça me porte à regarder aux fenêtres, à m'inquiéter du bruit d'une branche qui cogne sur le bâtiment.

Lui, quand il sort, je l'entends par la fenêtre ouverte. Ça me dérange. Le soir, quand il fait claquer sa portière et démarrer sa voiture, mon chien gronde au pied du lit. Je ne dors plus. J'ai l'impression de garder quelqu'un en visite chez moi.

Qu'est-ce qu'il veut? Il me donne l'argent tous les matins pour la nuit suivante. Chaque fois, je me dis qu'il va s'en aller, que tout cela va finir. Il entre, et c'est toujours pareil. Je ne sais pas quoi dire.

Il me regarde tout le temps avec ses yeux clairs. Un matin, il s'est tiré un fauteuil, il m'a fait asseoir près de lui. Il a posé un sac de papier sur ses genoux. Ses yeux se sont fixés sur moi. Qu'allait-il faire? Il me souriait bêtement, en silence. Soudain, j'ai senti que j'allais exploser, que je ne saurais plus résister à l'envie de le foutre à la porte pour qu'il ne me regarde plus. Alors, il a sorti tranquillement deux cafés du sac et m'en a offert un. Je l'ai refusé. Je ne bois jamais de café dans un verre de plastique.

Il a bu le sien, le cou engoncé dans son ciré jaune, pendant que je flattais mon chien.

Le lendemain, Bouchard était avec moi, planté à côté du comptoir pour boire un gin. Avec son chapeau et son complet foncé. C'est un homme curieux qui s'habille toujours comme s'il se rendait à un enterrement. Il porte des lunettes rondes, cerclées d'or. Ses cheveux blancs sont tellement farineux qu'ils paraissent faux. Les gens qui ne le connaissent pas s'arrêtent et le regardent quelques secondes avant de lui adresser la parole, se demandant sur quel ton aborder cet homme d'allure empesée. Il n'est rien de cela, il n'est qu'un pauvre vieux.

Le jeune est entré et s'est avancé vers nous. Qu'est-ce qu'il voulait? Sa chambre était payée depuis le matin. Il s'est accoudé au comptoir. Bouchard l'a salué. Ça lui faisait plaisir au vieux de sortir son anglais. Il a longtemps tenu un magasin général dans les Cantons de l'Est. Ils s'exclamaient tous les deux comme s'ils se connaissaient depuis toujours. Bouchard riait comme un imbécile. J'ai su que mon pensionnaire venait de Boston.

Je ne lui ai jamais posé de questions. Ça ne m'intéressait pas de savoir pourquoi il était ici. J'étais allé jeter un œil sur ses affaires par la fenêtre de sa chambre, pour la forme, mais je n'étais pas entré. Il y avait des vêtements sur une chaise et des photographies étalées sur le lit. Je n'ai pas ouvert la porte. Je n'y allais pas pour nettoyer. Il pouvait dormir dans les mêmes draps toute la semaine, je ne ferais pas venir la bonne pour lui de toute façon. Qu'est-ce qu'il est venu faire dans une petite ville comme ici? Il ne se passe rien. L'été est étouffant et fait remonter des odeurs de vase de la rivière. Les gens s'assoient sur leurs perrons pour regarder passer les voisins. Lui, il dit qu'il est ici pour faire de la photographie. Des menteries. Il n'est pas net. Avec ces manières de frotter son verre entre ses doigts avant de boire. Il n'est pas utile de passer la semaine pour photographier la ville. À part l'église qui est majestueuse, il faut fermer les yeux sur le reste tant c'est morne. Et cette poussière. Il cherche quelqu'un, on dirait. Il cherche, ou il attend. Je n'ai rien à lui dire.

*

Il ouvre encore la porte. Je ne peux plus le supporter. Il s'affaire dans le petit salon, il tient un journal dont il lit toujours la même page. Il se croit chez lui. Si je pouvais hurler après lui en anglais, je le ferais. En français, il ne comprendrait rien et il tournerait vers moi son regard vide. Ça m'agace, cette voix d'enfant, ce sourire tout ouvert. Il fait craquer le sofa sur lequel il est assis. Je vais aller le voir, je vais le secouer comme un pommier.

C'est lui qui s'est levé. Il tourne en rond dans la pièce, mine de rien. Il laisse traîner négligemment ses espadrilles en marchant comme si ses genoux ne le supportaient pas. On entend sa respiration sifflante. Il longe les murs, s'arrête à une fenêtre, frôle un rideau. Ses bras longs, ses doigts qui tripotent le coin de la commode. Mon chien reste couché, le museau sur ses pattes, et le suit du regard. L'Américain s'est approché de mon comptoir et s'est faufilé derrière ma chaise. Il est allé mettre le doigt sur une photographie épinglée au mur. Soudain, je sens que ma patience va perdre pied. Se permettre de toucher mes affaires. Pour qui se prend-il? Je ne bouge pas parce que j'ai peur de hurler, de lui cracher à la figure. Le silence comme une laque. Son doigt qui glisse sur la photo. «I know her.» Il a l'air content. Je suis furieux, j'ai envie de le tuer des yeux. Vite! avant que je t'écrase, avant que je broie ton beau sourire contre le mur. Je me dresse subitement à six pouces de son nez, tout raide, les yeux en fusil. Il a compris que je ne le supportais pas. Il est sorti en claquant la porte.

J'ai caché la photographie dans le registre, à l'abri des regards indiscrets. Ma précieuse. Une belle fille comme c'est rare d'en trouver. Une fille d'ici, de la rue Saint-Martin. Elle est partie faire sa vie. Elle va revenir un jour comme une grande vedette. Lui, c'est un petit photographe de misère. Il ne connaît pas Élise Borgia. Des mensonges. Il a voulu m'exaspérer. Il a senti que c'était important pour moi, cette image au-dessus de ma tête. Il a dû remarquer ses yeux noirs, le velours de ses cheveux. Il aurait aimé que je la lui présente. Il me tend des pièges pour gagner ma sympathie. Il n'aura rien de moi, rien. Le grand nigaud! Il s'imagine qu'il l'a vue quelque part, elle? Personne ne l'a revue depuis des mois. Alors que vient-il faire en ville? Tu ne sais rien, mon gars. Cette photo est à moi, c'est la seule que j'ai. C'est tout ce qu'il me reste, tout ce qui me fait supporter le temps et la poussière qui tombent sur moi. Ce silence durci dans ma gorge. Toi, l'Américain, je vais te mettre à la porte.

*

À sept heures ce matin, j'ai entendu quelqu'un entrer. Un bruit de chaudière. Une jeune fille était là, sur un tabouret, à décrocher les rideaux.

— C'est Mme Estelle qui m'a dit de venir, pour le ménage...

Ma vieille m'avait envoyé sa bonne pour laver les fenêtres. Ce soleil subitement, cette lumière aiguë sur le prélart. Ça ne m'a pas plu. Je me suis levé, lui ai arrêté le bras qui frottait. J'ai pris sa chaudière et je l'ai vidée sur la galerie. La bonne est repartie. Ma vieille ne comprend pas que je passe mes journées ici, dans la saleté qui se dépose, qui reste prise sous mes ongles et dans mes cheveux. Tu sens le moisi, qu'elle me dit, quand je vais la voir chez elle. Ma vieille n'est pas ma femme, je n'en ai jamais eu. Elle s'appelle Estelle, c'est une dame aigrie et mauvaise qui me sert du thé le samedi dans sa véranda en face de la rivière. On partage le silence entre nous, tissé de bruissement de feuilles et de clapotis d'eau. Chez elle, je ferme les yeux et je peux revoir le vieux chalet de mon père, le quai où j'ai passé mon enfance à regarder les bateaux et l'ombre des nuages sur le lac. Maintenant, je tiens un motel où personne ne vient plus.

J'avais parlé à Estelle du jeune Américain, c'est pour ça qu'elle m'a m'envoyé sa bonne. Au téléphone, elle avait paru s'animer. Ça lui rappelait une autre époque, avant l'autoroute, quand les vacanciers passaient à Louiseville par la route qui longeait le fleuve pour se rendre à Québec. À Noël aussi j'avais du monde, je décorais le hall de guirlandes. Je ne plantais pas de sapin dans la neige devant le motel parce que le vent finissait toujours par l'emporter. J'enroulais des lumières autour des poteaux de la galerie. Mais c'est fini. Ça n'existe plus. Ce motel n'est plus un endroit convenable.

Il y a eu aussi l'été où Élise Borgia venait me visiter tous les jours avec sa sœur Jeanne. C'était avant qu'elle se marie, il y a deux ans. Mais Élise a disparu. Personne ne sait rien.

*

Il pleuvait. Je me suis décidé à aller frapper à la chambre du jeune homme. J'étais resté tout l'avant-midi à jongler sur ma chaise. Sa voiture était garée en biais devant le motel, trop près de la route; il allait se la faire démolir. La pluie avait mouillé la chaussée et les voitures roulaient à un train d'enfer. Chaque fois qu'il y en avait une qui passait, je fermais les yeux parce que j'avais peur du bruit de l'impact. J'imaginais l'automobile du jeune s'écraser contre le bâtiment. À midi, je n'ai pas pu m'empêcher d'aller frapper à sa porte.

Les rideaux étaient tirés. Il n'était pas là ou il ne répondait pas. Je me suis dit que j'étais en droit d'inspecter sa chambre pour m'assurer que rien ne clochait. Je suis revenu à la réception prendre une clé. J'ai ouvert la porte avec précaution. Une curieuse odeur d'huile rance ou de cendres flottait dans la chambre. Une lumière fade grisonnait les murs. Il n'y avait personne à l'intérieur. Je suis entré. Mes semelles laissaient des traces boueuses sur le plancher, mais je ne m'en suis pas inquiété. Je regardais autour de moi, je ne cherchais rien. Le lit défait. Des affaires sur le lavabo. Sur la table de nuit,

une pile de photographies. J'entendais le bruit de
la pluie sur le carreau. Je me suis assis sur le lit sans
idée précise. Je me demandais où il pouvait être allé,
à pied, par un temps pareil. Peut-être quelqu'un
était-il venu le chercher? Pourtant, je n'avais rien entendu. Et après? Je ne m'intéressais pas à lui, je
n'étais même pas curieux de fouiller dans ses affaires. J'ai pris machinalement la pile de photographies. Je n'aurais pas dû.

Ce visage. Toujours le même. Je l'ai reconnu au
premier coup d'œil. Elle était partout, elle souriait
encore, encore. Élise. Des yeux noirs. Un regard
qui arrache le cœur. Elle était là, superbe, sur des
photos à lui. Il la connaissait. L'Américain passait
son temps à la regarder, à la tenir entre ses mains.

J'ai senti mon cœur battre à tout rompre dans
ma poitrine. Je repassais les photos une à une, sans
trop y croire. Ma vue s'embrouillait. C'était absurde,
trop absurde! D'où tenait-il ces photos? J'avais l'impression de basculer dans le noir, de perdre pied, en
même temps qu'un bruit assourdissant me parvenait
du dehors. Quelqu'un criait-il pour m'appeler, ou
frappait-il contre la vitre? Cette clameur, on aurait
dit une foule. Je suis sorti en courant. J'ai projeté la
porte contre le mur et je n'ai pas pris le temps de la
refermer. Maintenant, le vent continue de la faire
claquer à petits coups secs. Un bruit qui persiste, qui
résonne, qui cogne dans ma tête. Je n'irai pas la
refermer. La pluie tombe en filets serrés, comme un
déluge qui ne s'arrêtera plus. Du sofa à la fenêtre.
De la cuisine à la fenêtre. Je tourne en rond dans la
pénombre. C'est sa faute. Il a fait exprès pour partir
à pied, par ce temps. Ou bien il est dans la voiture,

caché, et il m'épie. Des heures durant. Il me regarde
et je ne le vois pas. Qui est ce type, cet étranger?
Qu'est-ce qu'il vient faire chez moi, dans ma maison? J'ai ressorti ma photographie d'Élise du registre où je l'avais glissée. M'assurer que c'est elle,
ma belle. Que je n'ai pas rêvé.

Dans le demi-jour de la pièce, je revois les deux
filles. Assises ensemble sur le sofa défoncé. Pourtant, elles ne se ressemblaient pas. L'une était pâle,
effacée, silencieuse, avec l'air de veiller sur sa sœur,
d'avoir à la surveiller. L'autre, Élise Borgia, posait
un regard de reine sur la pièce. Elle savait à chaque
instant de quelle façon regarder autour d'elle. Elle
avait les cheveux noirs et les yeux sombres, les traits
délicats, mais c'était plutôt quelque chose au fond
du visage qui vous attirait, une sorte d'éclat, une fureur contenue. Pendant l'été, les deux filles venaient
presque chaque jour au motel. Elles s'assoyaient
dans le petit salon devant les fenêtres, regardaient
les vieux jouer leurs parties de dames. Les hommes
s'étaient habitués à elles.

La première fois que j'avais vu Élise, elle était
entrée seule. C'était le printemps. Elle portait une
jupe courte en jean délavé, un tricot ample, et ses
cheveux lisses étaient noués sur sa nuque. Elle avait
dit bonjour, avait fait le tour de la pièce. Elle s'était
assise devant la fenêtre et s'était mise à regarder la
route, avec l'air d'attendre quelque chose. Parfois,
elle poussait des soupirs d'impatience. Je ne savais
pas ce qu'elle voulait, pour qui elle se morfondait
ainsi; je ne lui avais rien demandé. S'il avait plu, j'aurais cru qu'elle était entrée pour se mettre à l'abri.
Mais il faisait un temps radieux. Je n'osais pas lui

parler; je ne voulais pas qu'elle parte, que s'efface
cette belle image au bout de mes yeux. Je regardais
ses doigts encercler les barreaux de la chaise, ses
cuisses croisées et l'ombre qui montait sous sa jupe.
La tache claire de sa joue dans la lumière. Je ne la
connaissais pas. Une étrangère, belle comme une
étoffe de soie. Du coup, le hall du motel paraissait
moins crasseux. Le lendemain, elle était revenue
avec sa sœur Jeanne. Elles avaient passé l'après-midi,
assises l'une près de l'autre, à éparpiller leurs rires,
leurs gestes doux, leur odeur de savon. De ma chaise,
je les observais et je frémissais de plaisir, comme si
ma vie venait subitement d'être comblée de richesses.

Élise était la plus douée. Elle parlait, riait, bou-
geait sans effort, sa voix chaude et égale coulait près
de moi, m'enveloppait. Un jour, elle avait eu envie
de chanter. Elle m'avait demandé d'ouvrir la radio
et avait cherché une musique, mais n'avait rien
trouvé. Alors elle avait demandé le silence et, les
yeux fermés, elle avait paru retrouver une mélodie
dans sa tête. J'avais d'abord cru à un jeu, puis j'avais
réalisé qu'un désir profond la transportait. Je me
souviens qu'elle nous tournait le dos, et qu'elle regardait au loin comme si elle avait voulu oublier
qu'elle n'était pas seule. Puis elle chanta, elle chanta.
Ça peut paraître grotesque, cette jeune fille qui
s'exécutait dans ce motel; je l'aurais vue sur une
scène quelque part à Montréal, ou même à la télévision. Sa voix vibrante s'enflait dans l'air. Je l'écoutais, et pour la première fois de ma vie, je me sentais heureux, sans même comprendre pourquoi.

Les hommes se sont mis à venir nombreux; les
habitués de mon motel, mais d'autres aussi. Ils ve-

naient pour rien, pour s'asseoir quelque part près des deux filles. Le petit salon enfumé devenait comme une salle de bal avant qu'on ouvre la danse. Des fois, Élise racontait des histoires en anglais. Les hommes riaient, même si personne ne comprenait ses blagues. Je ne sais pas où elle avait appris tout cela. Elle était née ici, en ville, comme les autres. Qu'est-ce qui la rendait si particulière, si étonnante? Elle était trop douée pour traîner ici. «Un jour, je me disais, un jour elle sera quelqu'un de grand!»

Il y avait les chambres aussi. Elle me demandait souvent la clé de la onze, la dernière au fond de la cour. Elle y entrait seule, mais j'ai quelques fois eu l'impression qu'un homme allait l'y rejoindre. Peut-être pas. Peut-être était-ce mon imagination? Un crucifix sur le mur, l'humidité collée aux draps. Elle devait enlever doucement sa jupe devant les rideaux tirés, puis retirer sa blouse, ses bas, tendre son corps nu devant le miroir fixé sur la commode. Ce visage réfléchi dans la glace, ses seins que ses doigts pétrissent, le satin moiré de sa peau. Elle ouvre les bras, penche la tête, se retourne. Et cette tache noire au bas du ventre où sa main glisse, s'enfonce. Comment savoir pourquoi elle s'enfermait entre ces murs comme une recluse?

Ou peut-être se tenait-elle immobile devant la fenêtre, le front appuyé à la vitre barbouillée, attendant que le temps passe sans la toucher, la retrouvant pareille, les traits tendus et douloureux à force de patience.

Les Borgia. Une famille bourgeoise, la plus belle maison en ville, toute en briques derrière une haie de cèdre taillée par un jardinier. Le père était riche, il travaillait à Montréal pour des grosses firmes, paraît-il. Il est décédé il y a plusieurs années. La mère est étrange, c'est vrai. Depuis que sa fille a disparu, elle sort souvent en robe de nuit pour faire le tour de son parterre. Elle la cherche, l'appelle, écarte les rosiers, pleure en regardant la lune. Elle croit qu'elle va revenir, son Élise. Les gens racontent même qu'on voit souvent la mère traverser le fossé devant la ferme des Saint-Onge pour aller serrer le fil de la clôture à vaches. Le courant électrique lui secoue le bras quelques secondes, puis elle fait un signe de croix et s'en retourne chez elle. On dit qu'Élise détestait sa mère. Je ne sais pas ce qui est vrai.

Je sais qu'elle était la plus belle fille en ville, la plus étrange. Un matin de mars, elle est partie sans prévenir. Pas un mot, rien. Depuis ce temps, elle n'a pas été revue. Envolée en fumée. Les vieux viennent encore, mais ils ne s'attardent pas. Maintenant, le silence s'est installé, cadencé par le grincement des berceaux de ma chaise sur le plancher. La poussière.

*

L'Américain est rentré au milieu de la nuit. Il a fait du bruit en arrivant, comme s'il était ivre et qu'il avait buté contre les marches du perron. Je me suis levé pour l'apercevoir. Je n'ai vu que le carré rose de la porte refermée. Il n'a pas allumé.

*

Les samedis, je vais visiter ma vieille Estelle. Elle habite une maison entourée de grands saules près de la rivière. Je frappe, ma vieille écarte légèrement le rideau pour vérifier que c'est bien moi avant d'ouvrir. Je retire mon chapeau et le pose sur la statuette chinoise à l'entrée. Ma vieille adore les bonnes manières. Je lui dis chaque fois qu'elle est bien coiffée, ou que les perles à son cou lui donnent du teint. Elle hausse les épaules. Je la suis jusque dans la véranda. Il y a déjà des chats sur les coussins. Elle a préparé d'avance une théière chaude, elle connaît exactement l'heure de mon arrivée. Elle me sert en silence. Elle sirote son thé tandis que je déplie mon journal en essayant de ne pas le faire craquer.

Estelle a chassé sa bonne. Elle a sorti ses valises sur le trottoir et a verrouillé la porte. Elle m'a raconté ça ce matin d'une voix neutre en taillant une hydrangée. Le soleil lui dessinait une chape sur le dos.

— Il m'en faut une autre, M. Georges, une autre fille parce que je suis trop vieille.

— Je le sais. Il fallait pas renvoyer celle-là.

Elle tenait un couteau dans sa main. Elle me l'a brandi au visage. Je n'ai plus rien dit. J'ai laissé couler le temps en la regardant sarcler. Ses mains enfoncées dans la terre, ses ongles noirs. Des feuilles mortes, des pétales fanés entassés à ses genoux. Les nuages bougeaient en taches d'ombre sur la pelouse. Au loin, la mélodie d'une grive. J'aurais pu garder longtemps les poings dans mes poches et ne pas prononcer un mot. Je ne sais pas ce qui m'a poussé. J'ai commencé à lui raconter l'histoire des photographies. Par désœuvrement, sans doute. J'essayais de garder un ton détaché, comme si tout cela n'avait aucune importance, mais les mots m'ont échappé. L'excitation s'emparait de moi, me trahissait. Puis, le silence s'est ajouté, intolérable.

— Si vous voulez savoir, moi, je peux dire que votre Élise est morte.

Elle avait laissé tomber sa phrase avec un naturel effrayant. Jamais encore je ne l'avais entendue me mentir avec une telle inconscience. Elle avait dû vouloir plaisanter, son visage gardait un air souriant. Peut-être n'était-ce pas ce qu'elle avait voulu dire? Hébété, j'attendais qu'elle se reprenne.

— Ça sert à rien de l'attendre, je vous dis, elle est morte.

— Vous êtes folle, vous avez pas le droit de dire une chose pareille! Qu'est-ce qui peut vous faire croire que...

Ma vieille ne venait jamais au motel, ce n'était pas pour elle un endroit convenable. Alors comment pouvait-elle savoir la moindre chose au sujet de cette fille? Estelle me regardait avec ses yeux jaunes de rapace. Elle n'ajouta rien. Je la fixais avec épouvante. Que savait-elle, pourquoi ces mots si méchants envers moi? Pour me faire peur? Je reculai brusquement de plusieurs pas. Sa voix sifflait encore dans ma tête, lancinante. Rester digne, sauver la face. Ne pas laisser cette vieillarde m'effrayer comme un gamin.

— Je vais pas rester tout l'après-midi à regarder une dame sarcler ses fleurs. Je vous quitte.

— C'est bon. Quand vous aurez d'autres nouvelles, faudra repasser.

M'avait-elle vu blêmir, avait-elle senti que je tremblais? J'ai mis mon chapeau, reboutonné ma veste, et j'ai traversé la pelouse d'un pas faussement hardi sans me retourner pour la saluer.

*

Cette blessure, ce tourment qu'elle m'a infligé. Où a-t-elle déniché cette menterie? La vieille ne sait rien, prend un plaisir malsain à me tourmenter, et moi, je n'en finis pas de chasser ces idées noires de mon esprit. Comme une roue qui tourne à vide. Non, non, je ne croirai pas ce que dit cette femme. Je suis seul avec mon chien. Je regarde les carreaux dessinés sur ma couverture. La lune va venir, je vais dormir comme tous les soirs. Je ne vais plus penser. La machine dans ma tête va s'arrêter. Laisser le temps rétablir le calme. Une lumière brille dans la chambre de l'Américain.

Je sors dans la nuit d'encre, plié en deux, à pas furtifs, et je m'approche de la chambre de l'Américain. Je l'épie par la fenêtre, tapi contre le mur pour ne pas me faire voir. Il est de dos, il lit quelque chose qu'il tient d'une main tandis que de l'autre, il fait tourner une casquette sur son doigt. Par terre, il y a un tas de vêtements, pêle-mêle, dans une valise ouverte. Des cigarettes près du cendrier. Et des photos plein le lit. Il se lève, peut-être m'a-t-il senti. Ridicule. Je m'éloigne en longeant les murs. J'ai le souffle court. Les marches du perron grincent. Je retiens la porte pour qu'elle ne claque pas en se refermant. Mon chien s'est dressé subitement en me voyant rentrer.

Il fait noir, la lune s'est couchée. Il n'y a pas d'étoiles, il n'y a que cette lumière jaune à la fenêtre de sa chambre. Je traîne, je jongle encore. J'ai mis du lait à chauffer sur le poêle, je le verse dans une tasse, sous l'œil gourmand de mon chien. Il faut que je tienne mes mains occupées, pour me libérer l'esprit. De quoi aurais-je peur? À tout coup, l'angoisse me prend. Demain, je retournerai voir la vieille. Je la ferai parler. Je lui ferai cracher le morceau. Elle n'a rien voulu dire, au fond, c'est bien ça! Elle invente, elle fabule, et moi...

Je me suis mis à chercher la photographie d'Élise. Elle était pourtant dans ce registre, insérée entre deux pages. J'ouvre un à un les tiroirs. Des feuilles éparses, du sable, de la poussière collée à mes doigts. Elle a dû tomber sous ma chaise. À moins qu'il ne l'ait prise. Ou elle est sous un tapis. Ou alors le vent, en fermant la porte... Quand je l'aurai trouvée, je prendrai un marteau, des épingles, et je la refixerai au mur, toute seule, pour que je la voie bien.

*

— Taisez-vous, vous ne savez rien. Si Élise Borgia s'était noyée dans la rivière, elle ne serait pas sur les photographies de cet Américain.

— Peut-être il les avait prises avant.

— Avant quoi?

— Qu'elle disparaisse, qu'on ne la retrouve plus!

— C'est un étranger, il n'est jamais venu ici, personne ne le connaît.

— Vous êtes sûr?

Ses yeux sur moi, ses petits cheveux de vieille. Sa méchanceté toute crue.

— Il faudrait le lui demander, simplement.

— Ça vous ferait plaisir!

— Votre Élise est morte, si vous voulez mon avis.

Je ne veux pas d'avis. Vous ne savez rien. Rien! Vos mots de sorcière. Elle met son chapeau devant la glace. Nous allons à l'église. Moi, je n'entre pas, je l'accompagne seulement. Parce qu'il pleut. Elle monte la première dans la voiture. Assise droite, une main pressée sur son corsage. Elle pince les lèvres.

— Si vous saviez vraiment tout, pourquoi ne pas l'avoir dit avant? Pourquoi ne pas être allée voir la police?

— Pas de mes affaires.

Têtue. Hypocrite. Menteuse. Je la dépose à la porte de l'église pour qu'elle ne mouille pas ses bottines vernies et je vais me garer à l'arrière. Je n'entre pas m'asseoir près d'Estelle. Ma vieille ne prie pas. Ça ne sert à rien de la voir croquer des bonbons durant toute la messe. Les gens s'avancent par groupes, ils se rendent tous à l'église pour écouter le curé. Cette femme obèse en manteau jaune suit son mari à trois pas, s'épuise à le rattraper. Cet homme si digne et si gris, à quoi pense-t-il? J'ai les pieds crispés au fond de la voiture, les doigts blancs à force de serrer le volant. Les paroles fielleuses de ma vieille continuent à m'empoisonner le cerveau. Je cherche du réconfort en scrutant le ciel, comme s'il pouvait y avoir un trou dans ce bouillon épais de nuages. Plus loin, du côté des écoles, il y a la rue Saint-Martin où habitent les Borgia. Je ne peux pas la voir, mais je sais que la maison se dresse derrière le voilage des arbres du parc. La mère pense peut-être à sa fille en ce moment même, elle s'use peut-être les yeux à regarder dehors. Les mots d'Estelle me remontent à la bouche comme une nausée. Fallait pas venir, c'était absurde. Je ne viens pourtant jamais les dimanches.

Pendant qu'ils chantent et qu'ils récitent, ces imbéciles, je patiente en fixant l'aiguille des secondes à ma montre. Aux premiers mouvements des portes, je reviens me poster près du trottoir à la sortie.

Elle est passée tout droit devant moi, la tête piquée au sol, sans me regarder. Elle fonce à toute allure au milieu des gens, comme si elle allait rater un train, ou la chance de sa vie. Je ne vois plus que l'aigrette de son chapeau parmi les têtes. Où va-t-elle? Qu'elle revienne! Brusquement, elle traverse la rue et s'arrête près d'une voiture au moment où des gens allaient y monter. Ma vieille a semblé leur dire quelque chose. Je n'ai pu rien entendre, mais à l'effroi que j'ai lu sur le visage de la femme, j'ai compris qu'Estelle venait de cracher son venin. La voiture démarre en trombe. Quelques passants se sont retournés. Estelle revient lentement vers moi. La pluie lui a collé les cheveux sur le crâne.

— À qui parliez-vous?

— Je viens de rencontrer la mère d'Élise Borgia.

— Vous êtes folle! Qu'est-ce que vous aviez à lui dire, hein? C'était quoi votre message?

— Que sa fille était morte.

Elle reste calme avec son petit visage de cire jaune, de vieille chipie. Le diable en personne. Je cherche des mots qui pourraient la faire souffrir, percer sa carapace, mais la soif de blesser me rend trop agité.

— À qui voulez-vous faire mal. À QUI?

J'ai hurlé. Je voudrais frapper. Je voudrais faire pire: la laisser dans cette voiture, la cloîtrer jusqu'à la mort, la regarder se flétrir, se dessécher jusqu'à devenir un petit tas de poussière inoffensif. Elle reste froide, muette, hautaine. Mes paroles glissent sur elle sans l'atteindre.

— J'aurai la preuve que vous mentez. J'aurai la preuve que vous avez été méchante. Il ne vous restera plus qu'à courir à confesse avant de mourir damnée.

*

Une lumière brille à la chambre de l'Américain, mais il n'y a personne. La voiture n'est pas là. J'ai sorti ma berceuse sur la galerie pour l'attendre. La chaleur m'alourdit les jambes. La pluie a cessé, l'air chargé d'humidité est redevenu suffocant. J'entends parfois le tonnerre gronder au loin. Le ciel retient un orage, on dirait. Je compte les voitures qui passent sur la route jusqu'à en dénombrer cent, puis je recommence. Ça me tient alerte. L'Américain ne rentrera peut-être pas cette nuit. À moins qu'il n'ait déjà quitté la ville. Non, ce n'est pas possible, il m'aurait avisé. Il serait venu à la réception, il aurait posé son sac de voyage par terre et il m'aurait montré sur une carte son trajet pour retourner chez lui. Non, c'est certain, il ne peut pas être parti sans m'avoir parlé, sans m'avoir remercié. Ils sont très polis, les Américains. Demain matin, il poussera la porte du hall et il viendra me payer sa chambre comme d'habitude. Puisque rien n'est changé. Je n'aurai qu'à le questionner et je saurai tout. On parlera d'Élise et ça lui fera plaisir de tout me raconter. C'est simple, il a dû la connaître quelque part près de Boston. Il l'a peut-être vue chanter dans un club au début de l'été et c'est là qu'ils se sont connus. Elle avait dû lui donner l'adresse de ses parents en sachant très bien qu'elle n'y serait

pas. Pour se débarrasser de lui. Voilà, c'est sûrement ce qui est arrivé. Comme il est fou d'elle pour
venir la chercher jusqu'ici! Et maintenant, il l'attend. Pauvre type!

Je téléphonerai même au vieux Bouchard. On
s'assoira tous les trois dans le petit salon et on
prendra un verre en écoutant parler le jeune. Je lui
demanderai d'inscrire la date et le lieu à l'arrière
d'une de ses photographies, et j'irai la mettre sous
le nez de ma vieille. Elle ne pourra plus me raconter ses saloperies. Je me sens calme, confiant,
presque heureux. Je sais que j'ai raison pour Élise,
que l'histoire de ma vieille n'est qu'une invention.
D'ailleurs, plus elle m'en parlera, plus elle s'enfoncera dans le mensonge et le ridicule.

Vieille folle. Il est minuit, faut que j'aille dormir.

*

Kiki jappe. Kiki, tais-toi! C'est la nuit, mais il fait
clair comme en plein jour. Le sommeil pèse sur mes
épaules, m'enfonce dans les draps. Un bruit de
griffes sur le plancher. Je ne sais pas ce qu'il fait, le
chien, ce qu'il veut. Il tourne en rond au pied du lit.
En pleine nuit. Un bruit étrange. La fenêtre ouverte. Je me suis levé, j'ai vu le brasier, énorme, étonnant. Il y a le feu. Kiki jappe. Le motel est en feu.

Le feu a pris dans la chambre de l'Américain. Ils
n'ont pas réussi à l'éteindre. L'Américain a brûlé,
les onze chambres aussi, la rangée de pins en bor-
dure de la route, la fourrure de mes pins, ma chaise,
mon comptoir. Ils ont creusé des tranchées dans le
champ de maïs. J'ai tout vu, jusqu'à la dernière

flamme. Je suis resté dans la rue, impuissant, abruti devant ce spectacle infernal. Ce crépitement dans mes oreilles, cette chaleur qui me brûlait la face. «Restez pas là!» qu'ils m'ont dit. C'est chez moi, ici. Il y a de l'eau, de la boue. Des flammes hautes qui se dressent au-dessus de ma tête, qui dévorent tout sur leur passage. Et cette colonne de fumée épaisse, noire comme du charbon, qui envahit le firmament. L'odeur âcre, écœurante des cendres détrempées. Le prélart a brûlé, mon lit, les fenêtres ont éclaté sur le trottoir. Des yeux noirs, vides, qui ne regardent nulle part. Ma voiture a brûlé, celle de l'Américain aussi. Pas mon chien, il tient encore sur mes genoux. Ni la photo d'Élise. Je la serre contre mon cœur. Je l'ai arrachée du mur en sortant, les coins sont brisés, mais on voit ses yeux. Ma belle.

*

J'habite maintenant chez Estelle dans une chambre du haut. Le vent fait craquer les murs et on entend la rivière. Qu'est-ce qu'elle va dire, Élise, quand elle va revenir? Elle n'aura plus d'endroit où aller passer ses après-midi. Je revois sa silhouette penchée devant la fenêtre. Les mains sur sa jupe, elle regardait les vieux jouer leurs parties de dames au salon. Il flottait un parfum différent dans la pièce, il suffisait de regarder la jeune fille pour qu'une odeur de sucre emplisse l'air. Sa sœur, parfois, lui tressait les cheveux. Oui, je me rappelle, l'une était assise au milieu de la pièce, l'autre debout derrière. Elles portaient des blouses claires. Jeanne tressait les cheveux noirs de sa sœur. Élise fredonnait en anglais. Elle dodelinait légèrement de la tête comme si elle allait s'endormir. Elle avait les cils entrouverts.

Un jour, je leur avais fait voir une chouette cendrée. Comment elle venait se poser sur la dernière branche d'un pin, comment elle capturait les écureuils, tous, jusqu'au dernier. La chouette n'est plus revenue. Élise non plus. Ma vieille ricane, me sert du thé tous les jours dans la véranda comme si c'était samedi. Le lendemain, ça recommence. C'est toujours samedi. Je ne sais pas comment sortir d'ici.

Lettres de William à son frère

août 76

Le terrain est envahi de casuarinas, des arbres hauts produisant de petits fruits durs semblables aux cônes des pins et qui blessent les pieds quand on ne se méfie pas. Les bruits qu'on entend en prenant l'allée du *Casuarina Beach Hotel* sont ceux de pics sur la pierre alors que des hommes s'affairent à monter un trottoir autour d'un nouveau bâtiment. Plus loin, au bout de quelques pas, une musique rythmée parvient en sourdine de la terrasse. Le vent agite l'air, fait danser les palmes mollement, mais il ne procure que peu d'apaisement. La chaleur roule sous les arbres, sous la tonnelle du restaurant, se plaque à la peau et ne s'interrompt pas, du matin jusqu'à la nuit, à peine affaiblie parfois par une pluie torrentielle qui inonde les rues sans prévenir. La réception de l'hôtel est située sous une construction ouverte, comme si ni les intempéries ni le froid ne risquaient jamais d'incommoder. La piscine est vaste, entourée d'ombre. La mer ne se voit qu'à l'extrémité du terrain, une ligne mince, turquoise, qui agrippe toute la lumière. Du parterre, on entend le rythme des vagues, leur bruit incessant. Le roucoulement voilé des tourterelles qui se dandinent entre les chaises. Un glissement sur l'herbe, un bruit de pas.

Elle est venue s'allonger sur un coussin et ne bouge plus.

Louiseville, le 5 août 76

Dear Edwin,

   J'ai mis du temps avant de me décider à t'écrire;
je croyais vraiment que je la retrouverais. Ici, les
gens disent qu'elle a disparu depuis un mois. Est-ce
vrai? Je l'ignore, peut-être mentent-ils. Tu sais, avec
cette chaleur qui m'accable depuis mon arrivée
dans cette ville, j'ai parfois l'impression que mon esprit s'embrouille et que je passe à côté de la vérité.
Je loge dans un motel curieux à la sortie de Louiseville sur la route. C'est petit et sale, mais on m'a dit
qu'Élise y venait souvent. Le type a failli ne pas me
louer, il prétend qu'il ne prend plus personne. La
chambre d'où je t'écris est grise comme les mauvais
jours, elle sent le moisi. L'odeur, je m'y suis fait
après quelques nuits, si bien que j'arrive maintenant
à ne plus la remarquer. Je reste volontiers des heures
enfermé ici à imaginer qu'Élise a traversé cette
chambre, qu'elle y a peut-être dormi. Je vois son
bras allongé sur l'oreiller, son regard fixé au plafond, j'entends le bruit léger de son pas. Après un
long moment, si je me concentre bien, je vois se
détacher sa silhouette devant la fenêtre, sa nuque

cassée vers l'avant, et les traits de son visage nimbés d'une lumière blanchâtre, indécise. Sa voix, aussi. J'entends sa voix parfois, mais si frêle, comme si elle me parvenait d'un autre monde.

Ses yeux ne me quittent pas, ils font une tache dans ma mémoire. Je la cherche, Edwin, ce sera long mais je crois qu'il existe un endroit dans le temps où nous allons nous retrouver. Déjà, de connaître sa maison, sa mère, les rues qui l'ont vue passer, j'ai le sentiment d'avoir fait quelques pas dans sa direction.

La ville n'est rien du tout. Des maisons aux façades chambranlantes le long de la rue principale, un parc, une église, une atmosphère usée, banale, des gens mornes dont le regard ne dépasse guère les deux rivières qui limitent la ville. La chaleur qui y règne émiette de la poussière sur le décor. J'ai l'impression de respirer du sable et des mauvaises odeurs. Pourtant, la nuit, dans la noirceur de ma chambre, à cause peut-être de cette chaleur écrasante qui m'englue, j'arrive à croire quelques secondes que je suis encore là-bas, dans l'île. Ce manque d'air, l'attente, puis toujours ce regard. Tu te rappelles, la première fois où elle avait levé les yeux vers nous? Ces pierres noires, ce feu qui rongeait son regard. Les cris stridents des insectes emplissaient la nuit. Les palmes se balançaient mollement devant le balcon. Elle se tenait droite au milieu du parterre du *Casuarina Beach Hotel*, s'enlaçant la taille d'un bras et semblant observer quelque chose entre les arbres, qui nous échappait. La nuit était trop profonde pour que nous ayons pu distinguer le moindre déplacement à cette distance.

Était-ce un animal entre les arbres? Peut-être un de
ces chats bruns aux longs cous maigres, il y en avait
des dizaines autour de l'hôtel qui quêtaient de la
nourriture entre les tables de la terrasse. Mais Élise
semblait si prise par son observation. Peut-être y
avait-il là une fillette accroupie entre les herbes et
léchant ses doigts salis de terre, ou une vieille, es-
soufflée, une négresse gémissant faiblement? Peut-
être Élise ne voyait-elle pas bien, elle non plus,
peut-être ne discernait-elle qu'un vague mouvement clair entre les feuilles? Je sais qu'elle fixait cet
endroit, que tout son corps était tendu par l'effort
de percer la nuit. L'homme, en arrivant près d'elle,
l'avait fait sursauter seulement à poser doucement
une main sur son épaule. Elle avait laissé échapper
un cri. À cet instant, ce regard monté vers nous; un
trait d'encre, une expression que je n'ai plus jamais
oubliée. Elle avait ensuite traversé la terrasse,
l'homme la suivait de près, attaché à ses pas.

   Je garde intacte cette première image d'Élise.
J'en reprends le souvenir, je l'étire jusqu'à en voir
tous les détails. C'est comme si cette scène anodine
était devenue la plus importante de toutes. Même
les paroles suaves qu'elle m'a dites plus tard, même
ses mains qui ont touché ma peau ne m'émeuvent
pas autant. Je suis fasciné par cette première fois où
je l'ai vue, où j'ai senti mon ventre se crisper. Avant
cette seconde, j'étais insouciant. Je pouvais admirer
le soleil se couchant en ballon de feu sur l'horizon
sans me troubler, je pouvais lire les nuances de bleu
sur la mer sans y chercher un visage. Ce besoin
d'elle, il est monté comme un vent qui incline les
arbres, qui ne leur laisse aucun répit. J'ai oublié

comment j'étais avant Élise Borgia.

Je m'égare un peu, cher frère, nous avons déjà tellement parlé d'elle que ces mots ne t'apprennent rien de plus. Dans ce coin perdu, je parle à si peu de gens que maintenant que je laisse filer ma plume, je suis insatiable. Je rencontre quelquefois la sœur d'Élise, Jeanne. J'ai eu du mal à la trouver parce qu'elle habite ailleurs, à une vingtaine de milles d'ici, sur la rive sud du fleuve Saint-Laurent. Elle vit avec un homme taciturne dans un chalet de planches, une cabane étrange qu'il m'est impossible de décrire tellement elle est garnie d'objets hétéroclites, autant sur le terrain qu'à l'intérieur des murs. Jeanne est méfiante, elle ne dévoile pas aisément ses secrets sur sa sœur. J'ai l'impression de découvrir sa vie par petites bribes échappées au hasard d'une conversation ardue, bien que Jeanne s'exprime très bien en anglais. Elle m'a dit qu'elle parlait souvent avec sa sœur pour l'apprendre.

Jeanne est une lourde fille aux cheveux de paille, aux yeux clairs. Rien en elle ne ressemble à Élise, sauf cette façon de se buter, de pencher le cou vers le sol, de garder le silence. Je retourne la voir demain soir. Son copain répare une chaloupe et nous irons faire une balade sur le fleuve à la marée montante. Je compte que lui ne vienne pas, ça ne devrait pas être trop compliqué. Il me toise souvent du regard et je sens qu'il me déteste. Il ne dit pas un mot d'anglais ou bien il le fait croire, car il ne s'adresse jamais qu'à Jeanne. Le fleuve à cet endroit est si large, on dirait la mer, on croirait que le soleil qui s'efface derrière les brumes à fleur d'eau va s'y laisser engloutir. Lorsque je serai seul avec Jeanne,

au milieu du silence et de l'eau, peut-être con-
sentira-t-elle à se confier un peu? J'aimerais qu'elle
me parle des amants de sa sœur. Elle en a eu, c'est
certain, et même plusieurs. J'imagine aussi un
fiancé, peut-être un mariage avait-il été prévu dans
cette église si haute surplombant la rivière? Si je
connaissais son nom, je pourrais me rendre chez lui
et vérifier s'il a lui aussi quitté la ville. Sinon, tu vois,
si elle est vraiment partie seule, tous les espoirs du
monde me sont encore permis.

J'y crois toujours. J'ai avec moi les photographies prises sur l'île et l'éventail tressé qu'elle avait
acheté à Bridgetown. Je l'ouvre contre le mur gris
de cette chambre, et une odeur de sel m'emplit les
narines. La silhouette d'Élise se découpe dans la
lumière, je sens ses bras lourds autour de mon cou,
son souffle contre mon visage. J'ai encore le sentiment très aigu qu'elle est retenue prisonnière quelque part, la même impression que j'avais eue l'hiver
dernier, dans l'île, lorsque je l'avais vue aux côtés
de l'homme qui l'accompagnait. Un certain malaise
provoqué par leurs corps allongés l'un près de
l'autre, par ces mouvements empesés qu'il avait
auprès d'elle, comme s'il voulait constamment la
toucher mais qu'il s'en empêchait, comme si cette
multitude de gestes esquissés flottait autour d'Élise
et l'enfermait avec lui. J'ai beau me convaincre que
tout cela est faux, que cet homme n'était qu'un
oncle ennuyé par un divorce et voyageant avec sa
nièce pour lui tenir compagnie, je n'arrive à estom-
per mon angoisse que quelques minutes et les soupçons m'envahissent à nouveau.

Dans l'île, Élise ne s'éloignait jamais de lui. Un

homme grand, plutôt mince, aux cheveux cendrés. Ses yeux froids comme de la neige barraient le chemin aux regards qui rôdaient près de la jeune fille. Il n'était pas son père, j'ai appris ici que ce dernier est mort depuis longtemps. Jeanne m'a de plus confirmé que sa sœur était partie deux semaines à la Barbade avec un oncle en janvier dernier. C'est aussi de cette façon qu'Élise me l'avait présenté là-bas; son oncle, cet homme aux traits si durs. Alors d'où me vient l'intuition qu'il la retenait de force près de lui? Pourquoi ai-je ces doutes, Edwin? Et toi qui étais dans l'île avec moi, ne te souviens-tu pas de notre première conversation à propos de ce couple singulier? Nous avions observé leur comportement dans ce bar sur St. Lawrence Gap. Une jeune fille endormie sur l'épaule d'un homme dans la cinquantaine, au milieu de la foule animée et de la musique qui emplissait la salle. Nous avions trouvé curieux qu'elle ne s'éveille pas, qu'elle dorme dans ce brouhaha, les lèvres entrouvertes, la tête lourde. Nous avions pensé qu'elle était ivre ou même droguée. Sa peau de cire contrastait avec sa tenue affriolante et ses cheveux sombres nattés, comme ceux des Noires, où pendaient des billes multicolores. J'étais amoureux de cette fille sans la connaître, et déjà je la fouillais des yeux, cherchant à déceler ce qui causait mon inquiétude.

L'homme s'était levé, la soutenant dans ses bras. J'ignore si elle avait alors repris conscience pour traverser le bar et sortir dans la rue. L'homme la soulevait presque de terre en la pressant fortement contre lui. Il avait appelé un taxi. Quelques secondes plus tard, la pluie s'était mise à tambouriner

contre les vitres du bar. Un bruit sourd. L'eau courait en rigoles dans les rues.

Le lendemain, sur le parterre de l'hôtel, un Noir
en chemise blanche avait traversé la pelouse portant
un cabaret d'argent chargé de fleurs. Il avait piqué
des orchidées sur une arche faite de palmes entre-
lacées montée devant la mer. Un prêtre était arrivé
en soutane pour célébrer le mariage d'un jeune
couple d'Anglais. Sa longue robe claquait au vent,
ce qui donnait l'impression qu'il se déplaçait péni-
blement entre les curieux assemblés pour la céré-
monie. Je m'étais approché pour prendre quelques
photos; le décor me paraissait irréel, cette ligne de
lumière aiguë qui scintillait sur la mer derrière eux
et la chaleur du jour grugeant l'air. Le vol des tourterelles brisait le murmure paisible des vagues, les
oiseaux agitaient leurs ailes, montaient par mouvements saccadés vers le ciel, puis se laissaient choir
plus loin entre les chaises. Je faisais mine de m'inté-
resser aux mariés et je les avais contournés pour
avoir les rayons jaunes du couchant derrière moi.
C'est alors que je l'ai vue arriver de la mer. Elle était
montée la première sur le terre-plein qui surplombe
la plage. Une Noire se tenait là, sous un arbre, à tres-
ser les cheveux d'une Anglaise. La négresse a lancé
quelques mots à l'endroit d'Élise en levant le bras et
celle-ci s'est arrêtée pour lui parler. J'ai eu le temps
de braquer mon appareil-photo en direction de la
jeune fille à l'instant où elle s'est retournée vers
moi. Je ne crois pas qu'elle m'ait vu le faire car elle
s'est éloignée vers les chambres sans relever la tête.
Je n'avais pas tout de suite remarqué que l'homme
m'observait. Il la suivait à distance et il a très bien

saisi mon geste. On peut discerner sa sihouette dans une région ombreuse de la photographie. Sa silhouette et son regard de neige.

Sûrement se doutait-il déjà que j'allais aborder sa nièce tôt ou tard, et cela le contrariait. J'avais la très nette impression qu'il interviendrait, qu'il ne me laisserait pas approcher sa protégée. À ce moment, je ne savais pas encore qui il était, ni quelle relation il entretenait avec cette jeune femme. Je sentais bien qu'il l'entourait, non pas comme si elle eut été sa maîtresse, mais comme quelqu'un de fragile ou de trop précieux qu'il fallait préserver du reste du monde. J'imaginais aisément une confrontation, mais curieusement elle n'a pas eu lieu.

La nuit où j'ai parlé à Élise pour la première fois, tu te le rappelles autant que moi, nous étions rentrés tard et nous avions trop bu. Je me sentais lourd. Dans la chambre, je n'arrivais pas à fermer l'œil. Le ventilateur au-dessus du lit claquait d'un mouvement régulier. Il me semblait que le son s'amplifiait dans la pièce, que j'allais devoir battre la mesure avec lui toute la nuit. J'ai fini par descendre à la piscine. Le bar était fermé. Une lumière cendrée venait de la réception qui était reliée à la terrasse par une arche en treillis. Un Noir était assis dans un coin derrière le comptoir. Il mâchait un cigare en se balançant sur sa chaise droite, les mains croisées derrière la tête. Une très jeune fille lui tenait compagnie, elle griffonnait dans un cahier accoudée au comptoir. Je trouvais curieux qu'elle soit encore debout à cette heure tardive. Ils ne se parlaient pas.

Je me suis laissé glisser doucement dans l'eau.

L'endroit si animé pendant la journée me paraissait
étrange. Ces lumières tamisées, les chaises en rangées le long de la piscine, les volets clos du restaurant, et ce bruit assourdissant d'insectes qui broyait
l'air. J'ai nagé lentement jusqu'à l'autre extrémité
de la piscine. Il y avait un petit jardin aménagé en
face du trottoir, surtout garni d'hibiscus et de pal-
miers. Appuyé contre le bord de la piscine, je pro-
menais mon regard distraitement devant moi, sans
imaginer qu'il puisse y avoir quelqu'un. Mes yeux
habitués à la pénombre ont fini par distinguer une
silhouette accroupie sur une chaise. Ses vêtements
sombres l'enfonçaient dans l'obscurité. J'ai reconnu
Élise, assise seule sur cette chaise, à cette heure de la
nuit. Elle ne semblait pas avoir remarqué ma présence, elle gardait le front appuyé contre ses genoux. J'ai d'abord jeté un regard circulaire sur les
abords de la piscine avant de sortir de l'eau et de la
rejoindre. Je suis allé m'asseoir près d'elle, et je lui
ai parlé à voix basse pour ne pas la faire sursauter.
Elle a levé les yeux sans surprise. Un filet de lumière
effleurait le contour de sa figure, donnant à ses traits
une pureté particulière.

J'ai eu du mal à lui expliquer que je voulais la
prendre en photo. Elle ne me répondait pas et son
visage demeurait impassible. J'ai cru qu'elle ne comprenait pas ce que je disais. L'eau que je n'avais pas
séchée formait une flaque à mes pieds, tombait
parfois sur mes cils, brouillant une seconde l'image
de la jeune fille immobile devant moi. Finalement,
elle s'est levée, et m'a suggéré dans un anglais parfait de passer à sa chambre le lendemain matin.

*

Les rues de Bridgetown étaient bruyantes, sur-
chauffées. Cette odeur de mazout qui montait aux
narines. Élise portait une robe rouge framboise,
elle marchait toujours quelques pas devant moi. Ses
cheveux dansaient librement sur ses épaules. Avant
de quitter sa chambre à l'hôtel, elle avait voulu défaire ses tresses. Elle avait rapidement dénoué quelques élastiques puis, lassée, elle m'avait demandé de
poursuivre. Elle tenait un plat contre son ventre où
je déposais les billes de couleur que je retirais de ses
cheveux. La jeune fille restait silencieuse, tandis que
mes doigts glissaient entre les mèches lourdes qui
tombaient sur ses épaules. J'éprouvais un certain
trouble à la toucher, à me trouver si près d'elle. Je
trouvais incongru qu'elle permette une telle inti-
mité entre nous, alors que j'avais imaginé une fasti-
dieuse conquête auprès d'elle. Les cils baissés, sa
tête balançait légèrement sous la pression de mes
doigts. Je ne lisais rien sur ce visage, ni gêne ni
plaisir. Le silence qui se gonflait dans la pièce aug-
mentait mon trouble. Des cris et des bruits de pas
montaient parfois des escaliers. Mes yeux guettaient
sans cesse la porte, je craignais que l'homme n'entre
subitement dans la chambre. Pourquoi n'était-il plus
là, alors que les jours précédents, il était constamment attaché à ses pas? Mes yeux fouillaient les
objets dans la pièce, un détail qui m'aurait révélé sa
présence. Avait-il déjà quitté l'île? Depuis la nuit
dernière, je ne l'avais plus revu à l'hôtel.
    Plus tard, alors que nous arrivions sur Trafalgar
Square en plein cœur de la ville, j'ai cru le recon-

naître parmi la foule. Quelques secondes, l'impression d'être observé, puis ce déplacement rapide à l'angle d'une rue. J'ai entraîné Élise vers cet endroit. Des hommes cassaient le trottoir à coup de pics, ils ont levé vers moi des yeux luisants de nègres. Derrière eux, il n'y avait personne.

Ce matin-là, dans les rues de la ville, je lui ai demandé qui était cet homme qui l'accompagnait. Elle m'a bien affirmé qu'il était son oncle mais elle ne savait pas où il était à cet instant, elle ne savait rien, et puis, le plus souvent, elle ne répondait pas à mes questions. «Il est peut-être quelque part, près d'ici», elle avait fait un geste large en prononçant ces mots. Elle s'était retournée pour regarder derrière elle. Ses paupières se plissaient dans la lumière drue qui martelait les pavés. Elle avait semblé chercher un moment entre les gens qui déambulaient près de nous. Complice. L'homme la suivait et elle le savait, c'était peut-être un jeu auquel elle se prêtait?

Je m'égare, Edwin, je ne sais plus où m'arrêter. Je sens que mon imagination m'entraîne trop loin. Peut-être me suis-je toujours posé trop de questions?

Là-bas, si je ne t'avais pas parlé de ces inquiétudes que la jeune fille provoquait chez moi, c'est que je n'y attachais encore que peu d'importance. Mon seul désir était d'être auprès d'elle et j'avais même oublié la raison de ce voyage: les photographies que je devais prendre pour l'agence. Rien encore ne m'avait ému en cet endroit avant d'y avoir lu le visage de cette femme. La mer flanquée de rochers sur la côte est s'étendait majestueuse, presque sauvage, mais je n'arrivais pas à m'accrocher à un détail qui pût la rendre particulière, un point de couleur encore inexploité. Les insulaires étaient des gens polis, mais distants, refusant catégoriquement d'être photographiés. Ces jeunes filles qui tressaient des paniers devant un mur bleu, ce garçon vendant des coquillages et des colliers en traînant sa vache sur le haut de la falaise, il fallait les prendre à la hâte, avant que mon appareil-photo ne les chasse comme une insulte. À cause d'Élise cependant, mes souvenirs se teintent d'une tout autre nuance. Les restaurants où nous sortions chaque soir, les lumières des maisons englouties dans la baie alors que la nuit était tombée comme une flaque, et ses mains sur moi, ses doigts longs et glacés malgré la fièvre de nos caresses. Nous n'avions plus revu l'oncle d'Élise, et j'avais conclu qu'il avait repris l'avion, peut-être à cause d'une affaire urgente à régler. Bien que ce départ m'ait semblé bizarre, surtout à cause de la réticence d'Élise à parler de cet homme, j'avais volontiers remisé son image dans l'oubli et je goûtais chaque instant partagé avec la jeune fille. Parfois, avant de frapper à sa porte, mon poing restait suspendu quelques secondes, craignant que ce ne soit pas Élise qui me reçoive. Un mouvement de l'autre côté de la cloison, des pas légers sur les carreaux. Elle apparaissait chaque fois devant moi, silencieuse, le regard allumé d'un bonheur égal.

Toi qui l'as rencontrée de nombreuses fois, avais-tu aussi noté qu'elle était étrange, qu'elle paraissait taire quelque chose? N'est-ce qu'un mauvais tour de mon imagination? Ce n'était pas la langue; elle se débrouillait parfaitement en anglais, usant même de mots que nous n'avions pas coutume d'utiliser. Tu te rappelles ce matin où nous avions mar-

ché tous les trois le long des rochers sur la plage,
cette piscine emplie d'eau souillée où flottaient des
feuilles? Peut-être ne l'avais-tu pas remarquée, tu te
tenais en avant, cherchant à identifier un pluvier ou
un autre oiseau marin. Élise avait gravi l'escarpement
qui menait à l'arrière d'une villa. J'ai voulu l'appeler
pour qu'elle revienne, mais elle faisait semblant de
ne pas entendre mon cri. Lorsque je l'ai rejointe, elle
se faufilait par l'entrebâillement d'une grille
débouchant sur un jardin. Il était à l'abandon. Des
broussailles avaient envahi les allées et les massifs de
fleurs. Élise s'est avancée jusqu'à une piscine. Des
feuilles pourries flottaient à la surface de l'eau
glauque. Je guettais sans cesse les fenêtres de la villa,
j'imaginais en voir sortir quelqu'un d'un instant à
l'autre, mais la maison semblait inhabitée. Élise ar-
pentait le jardin avec désinvolture. Elle s'est même
assise un moment sur un des bancs de fer le long de
la piscine, et a penché le cou, songeuse, en regardant
l'eau. Je me suis approché d'elle comme d'une bête
fauve dont on ne sait rien. Son buste se reflétait dans
l'eau noire. J'ai touché légèrement son épaule. Elle
s'est levée lentement, à regret. Plus loin, sur la plage,
alors que nous voyions la villa se découper contre
l'azur, elle m'a dit quelque chose comme «c'est
curieux, il me semble avoir déjà vu cet endroit» ou
«je suis déjà venue ici». Je lui avais alors parlé des
rêves qui nous portaient à croire que des endroits
inconnus étaient familiers, et j'avais sans plus
d'inquiétude mené la conversation sur un rêve que
j'avais fait récemment. Élise portait le regard très
loin à l'horizon. Nous t'avions rejoint, adossé à la
falaise, et tu avais souri à notre approche.

Nous n'avions plus reparlé de la villa. Je ne t'en avais rien dit là-bas. Tu devais repartir pour Boston le lendemain tandis que moi, je restais sous prétexte de terminer mes photos de l'île. D'ailleurs, qu'aurais-je pu te raconter? Cet incident n'était rien. J'étais léger et insouciant. Comme je regrette maintenant de n'avoir pas été plus indiscret, de ne pas l'avoir questionnée à ce moment-là! Peut-être Élise était-elle venue déjà à la Barbade? Elle y avait peut-être connu des gens qui lui auraient fait visiter une villa comme celle-ci? Je repense à son corps lourd et inerte dans les bras de cet homme au bar sur St. Lawrence Gap. Je l'imagine dans une pièce parmi des hommes en complet et des femmes élégantes. Des verres suintants, des colliers qui valsent sur les corsages de soie, des portes-fenêtres donnant sur une cour grillagée. Des petites tables, des fauteuils en rotin, des gens parlant à voix basse devant un plateau de liqueurs, la regardant de leurs yeux jaunes, léchant goutte à goutte chacun de ses gestes. Sa tête balance, elle a les jambes lourdes. D'où vient cette odeur violente de parfum poivré? Un musicien laisse choir son bras sur la robe d'Élise, presse déjà son crâne luisant contre ses seins. Plus tard, il lui offrira ses faveurs compliquées dans une chambre à l'étage, alors qu'un nègre restera en retrait dans l'ombre et savourera à distance ses courbes dénudées. Mais elle n'est encore qu'au salon et on presse contre ses lèvres la coupe d'un verre. Un goût sirupeux qui lui incendie la gorge. Un piano sonne quelque part dans la maison. Des canaris secouent leur cage en piaillant. Les gens se déplacent sur le parquet lustré. Ils parlent. Ils parlent. Leurs voix viennent de si loin qu'elle ne les entend plus. Les mots tombent dans la pièce, les phrases se décomposent, roulent à ses pieds avec fracas.

Le 6 août 76

Une ampoule projette une lumière jaune paille dans la chambre. Je t'écris sur une table adossée à un mur, le vernis s'effrite sous le frottement de ma plume. Il fait jour encore. Dans une heure, j'irai rejoindre Jeanne et nous irons sur le fleuve en chaloupe. Mais le temps est lourd et je crains un peu la venue d'un orage. J'ai tellement écrit hier que j'ai déjà noirci la moitié du bloc de papier. Je ne sais pas si tu vas lire toutes ces pages, peut-être te lasseras-tu au bout de quelques lignes de mes chimères, de mes amours? Peut-être aussi, si je reprends la lecture de ces lettres, n'oserai-je plus te les poster? Ces mots ne peuvent finalement être utiles qu'à moi, pour me délivrer des ombres qui m'emprisonnent.

J'ai déjà photographié de long en large toute cette ville. Grise et ocre. Le ciel se noue derrière le clocher de l'église, lambrissé de nuages. Une vieille dame et son chat lové dans sa jupe attendent sur un banc du parc, sous des érables tordus. Le soleil éclabousse la vitrine d'un coiffeur devant laquelle des hommes se sont regroupés pour rigoler comme des enfants. Blanche aussi, cette ville, comme si elle était enduite de poussière, et muette lorsqu'il est question d'une jeune fille qui a grandi dans ses rues.

*

Élise n'avait pas voulu m'attrister par son départ, elle m'avait délibérément menti, me laissant croire qu'elle séjournerait sur l'île une semaine encore. Il est évident qu'elle aurait voulu partir sans me le dire, sans me revoir, sans avoir à prononcer une parole d'adieu.

Ce matin-là, la terrasse était déjà bruyante lorsque j'y suis passé. Des cris d'enfants perçaient l'air surchauffé. Les serveuses se déplaçaient sans hâte autour des tables, vêtues de leurs jupes noires ceintes d'un tablier blanc. Ces costumes sur leur peau foncée leur conféraient une curieuse élégance qui détonnait avec leur démarche grossière. Les plus vieilles étaient obèses et ne souriaient que lorsqu'elles se parlaient entre elles.

J'étais assis sous le pavillon du restaurant pour déjeuner. Absorbé par le jeu des colibris qui se déplaçaient d'une jardinière à l'autre, je n'ai pas remarqué tout de suite le porteur chargé d'une valise traverser le trottoir derrière les parasols de chaume. Élise le suivait à quelques pas. La tache de sa blouse dans la lumière. Elle marchait sans regarder autour d'elle, le visage empreint de gravité et d'indifférence. À la seconde où j'ai posé les yeux sur elle, juste avant qu'elle disparaisse sous l'arche de la réception, c'est cette expression que j'ai retenue. Comme si la jeune fille traversait nonchalamment cet endroit qui ne présentait déjà plus d'intérêt pour elle. Je me suis levé précipitamment pour la rejoindre. Une voiture attendait près du trottoir et le porteur rangeait les bagages d'Élise dans le coffre.

À ma vue, elle n'a pas bronché. Une ombre a glissé sur ses yeux, mais son visage est demeuré calme et impassible.

— Je ne t'ai pas prévenu que je partais, je voulais éviter ça.

Elle a souligné sa phrase d'un geste large qui englobait ce bout du trottoir, le chauffeur coiffé d'un casque qui attendait près de la portière du taxi, et moi. Je n'ai pas su quoi répondre. Mille questions me venaient à l'esprit, inutiles et dérisoires en cet instant si court. Trop tard. Élise braquait ses yeux sur moi, méprisante. Dans cette lumière crue, son visage me paraissait étranger. Je ne l'ai pas embrassée. Nos doigts se sont effleurés lorsque je lui ai refilé à la hâte mon adresse sur un bout de papier.

— Pour les photos... écris-moi et je te les ferai parvenir.

Je ne lui ai pas demandé son adresse, j'étais certain qu'elle ne se donnerait pas la peine de dire un mot de plus. Tout son être semblait crispé par l'effort de supporter ma présence. Puis, brusquement, elle s'est penchée pour entrer dans la voiture. J'ai refermé la portière. Elle regardait droit devant, fixait un point lointain entre les casuarinas qui répandaient de l'ombre sur le parterre de l'hôtel. Le taxi a démarré lentement. Il ressemblait à un vaisseau emportant au loin un bien infiniment précieux. Élise n'a pas levé la main, la voiture s'est engagée sur la route et je l'ai vue disparaître en un instant, comme si elle n'avait jamais existé.

*

Elle était partie et je me suis senti désœuvré, abandonné. Je n'avais plus envie de prendre les photos. Je restais enfermé dans ma chambre le plus clair de mon temps, et peu à peu je me suis enlisé dans ma torpeur. Je ne saurais expliquer comment cela a pu se produire. Je n'avais plus conscience des heures, ni des jours, ni même de la chaleur qui devait avoir pris possession de la chambre. J'estime qu'elle a dû jouer un rôle majeur, accentuant ma léthargie, m'engluant dans le sommeil et le rêve. Je suis resté plus d'une semaine dans cette pièce, sans sortir. Parfois, j'entrebâillais ma porte au milieu de la nuit, et je trouvais un plateau de nourriture déposé sur le seuil. J'avais dû téléphoner pour qu'on me l'apporte, mais je le fixais des yeux sans arriver à m'en souvenir. Était-il là depuis le matin, ou depuis dix minutes? Quelqu'un avait dû frapper à ma porte, attendre, et frapper encore. Je n'avais rien entendu. J'empilais les plateaux sur la commode et je ne mangeais presque pas. Je refusais même que la femme de chambre vienne pour nettoyer. Une nuit, je me rappelle avoir fouillé la terrasse du regard pendant des heures, planté derrière la porte-jardin, comme si mon acharnement allait suffire à faire passer la silhouette d'Élise. Je fixais l'endroit où je l'avais vue pour la première fois, j'essayais de revoir la robe qu'elle portait alors, mais les imprimés et les couleurs se confondaient et je n'arrivais pas à arrêter mon choix. Je glissais de plus en plus vers le rêve, comme s'il m'était impossible de m'éveiller complètement.

Je réalise à quel point ma réaction avait été exagérée, mais là-bas, je ne me rendais pas vraiment compte. Peut-être ce décor, cette ambiance surchauffée, peut-être une soif aiguë, la beauté trop vive d'Élise, la peur d'en perdre l'image. Je me souviens qu'à un moment, je ne pouvais même plus imaginer les couleurs ni de ses cheveux, ni de sa peau, ni de ses yeux. Je ne la voyais plus qu'en noir et blanc, comme sur du papier glacé. Les photographies n'étaient pas encore développées et j'arpentais la chambre comme un fou pour retrouver les rouleaux de film, pour m'assurer que je les avais toujours. J'ai fini par les déposer près de mon lit, les tenant à portée de regard; ils représentaient tout ce qui me restait d'elle.

Puis un matin, j'ai fait un effort pour me secouer de mon abattement. Je me suis habillé et je suis descendu à la réception. J'ai demandé l'adresse de la jeune dame qui habitait la chambre 203, quelques jours auparavant. La Noire a hésité avant de fouiller dans son registre, mais elle me connaissait de visage et elle nous avait vus plusieurs fois ensemble. Elle savait aussi que j'étais photographe. J'ai expliqué que je désirais lui expédier quelques photos pour lui faire une surprise. Elle a souri en me regardant de biais, faisant mine de comprendre, et elle m'a transcrit l'adresse sur une feuille à en-tête de l'hôtel.

*

Le soir du 8 février. C'était la veille de mon départ, après déjà un mois passé sur l'île. J'ai traversé la terrasse; des enfants pataugeaient dans la piscine illuminée. Devant l'hôtel, je me suis faufilé parmi des groupes de touristes qui descendaient des cars et j'ai débouché sur St. Lawrence Gap. Un taxi attendait au bord de la route, le chauffeur m'a fait un signe pour m'inviter à monter, mais j'ai continué de marcher le long de la haie qui borne le terrain du *Casuarina Beach Hotel.* Il n'était pas très tard, le soleil était couché depuis une heure ou deux, et la nuit s'était répandue comme une encre. Une seule lumière brillait devant moi, au tournant de la rue, à environ cinq cents pieds de l'endroit où je me trouvais. On avait prévenu les clients de l'hôtel qu'il était préférable de ne pas s'aventurer seul dans les environs à la nuit tombée. La route sombre filait entre les arbres comme un mince ruban grisâtre. Un silence paisible régnait dans l'obscurité d'où émergeait parfois une musique en sourdine, venue de la terrasse de l'hôtel. Même le bruit lointain des vagues se confondait avec le bruissement du vent dans les feuilles.

J'avais décidé de me rendre au *Josef's Restaurant* à pied, malgré la chaleur qui noyait l'air. Le souvenir d'Élise m'occupait l'esprit d'une manière lancinante. J'avais passé la journée à ressasser tout ce que je savais d'elle, c'est-à-dire très peu. Depuis son départ, j'avais évité de me retrouver dans les endroits où nous étions allés ensemble, mais ce soir-là était le dernier à la Barbade et j'avais eu envie de faire renaître une image d'elle au milieu de cette salle de restaurant où nous avions dîné quelques jours auparavant. Sa robe claire, les persiennes de bois ouvertes sur le jardin, le roulement des vagues, invisibles dans l'obscurité, mais pourtant si près de nous. Il me semblait que d'y retourner renforcerait mes souvenirs avant qu'ils s'éteignent un à un dans l'oubli. Peut-être pourrais-je même retrouver des paroles qu'elle m'avait dites à cette table?

Je marchais en regardant par terre. Je n'ai pas vu qu'un homme en chemise claire se dirigeait vers moi. J'avançais distraitement en retrait de la route, m'écartant davantage lorsque les phares des voitures balayaient la chaussée. L'homme a dû me contourner pour continuer son chemin. J'étais tellement absorbé par mes pensées que je n'ai pas eu l'idée de lever la tête vers lui lorsque nous nous sommes croisés. Après quelques pas, cependant, j'ai senti qu'il s'était arrêté, j'ai senti son regard dans mon dos. Je me suis retourné. C'était l'oncle d'Élise. Il a attendu quelques secondes avant de reprendre lentement sa marche. Il m'apparaissait plus vieux et plus courbé qu'en plein jour. Sa silhouette s'est fondue peu à peu dans la nuit.

Jeanne

août 76

On accède au *Club de la Landroche* dans la commune de Baie-du-Febvre par un petit chemin de terre qui longe le terrain de la Défense nationale. Les champs de maïs cernent la route et bouchent l'horizon à l'ouest. Parfois, un point sombre se dessine à contre-jour; un oiseau de proie plane en spirales sur le ciel poudreux. Une vingtaine de chalets s'alignent sur la rive du fleuve, presque tous semblables en apparence, sauf le dernier qui est le plus curieux; de forme hexagonale, avec son toit en rotonde, il ressemble à la fois à une hutte et à un pavillon chinois. Au crépuscule, une impression étrange vous saisit en l'approchant, comme s'il n'appartenait pas aux rives de ce fleuve mais à un autre monde, plus lointain.

Une galerie l'entoure à demi du côté nord, face au fleuve. À l'arrière, une clôture de barbelés interdit l'accès au terrain de la Défense qui sert au tir expérimental d'obus. Le chalet paraît toujours inhabité, sauf lorsque s'échappe des fenêtres ouvertes la voix amplifiée d'un commentateur de baseball à la radio. Les parterres voisins sont accueillants, l'herbe est coupée rase et des fleurs y poussent en larges bandes vives. Ici, les chardons s'emmêlent aux amoncellements d'objets abandonnés: des blocs de ciment empilés près du chalet, des carreaux brisés, un radiateur à colonnes, des sofas renversés l'un sur l'autre, des rouleaux de broche, et même des fagots chargés dans une charrette, comme si on avait déjà voulu aller les livrer quelque part.

La rive du fleuve à cet endroit est constituée d'un vaste marais profond. Des odeurs marécageuses s'étalent dans la tiédeur d'août et on y entend les crissements des cigales, et même le hululement du hibou des marais qu'on peut apercevoir à la brunante, alors qu'il survole la prairie humide à la recherche de campagnols.

Un bruit de pas. Il marche dehors, fait craquer les planches de la galerie. Des ronds de lumière jaunes et rouges venus des lanternes chinoises pendues dans la cour filtrent à travers les rideaux tirés. Une ombre glisse rapidement devant la fenêtre. Les pas hésitent, puis s'éloignent, et à nouveau le crépitement de la pluie emplit la nuit.

Jeanne attend d'être sûre que Lucien ne reviendra pas, puis elle s'approche un peu plus de la bougie. Pas trop, elle se méfie de la flamme qui lèche les feuilles. Reprendre la lecture des lettres, cent fois, mille fois, comme si elle ne les connaissait pas par cœur. Cette écriture serrée, ces fines pattes de mouche, fouiller ce qu'elles cachent, découvrir leur secret. Un amour insensé, une passion sournoise comme un feu qui couve. Qu'y a-t-il derrière ces lignes que Jeanne n'aurait pas saisi? Puisqu'il est mort, sa mort devrait pouvoir s'expliquer au fil des pages. Il s'appelait William Ruben, il était Américain et il était venu retrouver Élise. William est mort et personne ne sait plus rien d'Élise; il ne reste d'eux que ces lettres écrites en anglais décrivant leur rencontre lors d'un voyage à la Barbade.

Jeanne plie les feuilles, les dissimule dans un cahier à couverture rouge qu'elle glisse comme chaque soir entre le sommier et le matelas. Il ne faudrait pas que Lucien découvre son cahier, qu'il le lise. Il ne comprendrait pas, il ne comprendrait rien, Lucien. Ses yeux traîneraient sur les pages, puis monteraient vers Jeanne, teintés de cette lueur méchante qu'ils ont parfois lorsqu'il est furieux. Mais cela n'arrivera pas. Jeanne est prudente. Elle a travaillé tous les soirs à la lueur de la bougie pour que la lumière ne se voit pas du dehors. Lucien s'imagine qu'elle dort à présent. Elle se lève et fait un trait sur le calendrier épinglé au mur de la chambre. Il lui a fallu onze jours pour traduire les lettres qu'elle avait trouvées dans une poche de l'imperméable de William. Elle aurait pu faire plus vite, mais elle tenait à ce que la traduction soit parfaite. Elle avait réussi à subtiliser un dictionnaire chez ses parents et à le rapporter en cachette. Elle voulait s'assurer qu'aucun mot ne lui échappe. Elle s'est même permis d'embellir quelques passages. Sa version compte dix-neuf pages, une de plus que les lettres originales. Jeanne se demande encore si elle la fera lire à sa sœur le jour où celle-ci reviendra. Il faudra bien que quelqu'un lui apprenne, à propos de William... Mais Élise est si fragile, elle ne supporterait pas qu'il l'ait aimée à ce point.

Jeanne a soufflé la flamme de la chandelle et regarde la chambre plongée dans l'ombre. Des planches sont appuyées au mur près d'une pelle et d'un seau en métal. Lucien les avait déposées là un matin et il n'avait plus songé à les ressortir. Il avait commencé à construire une clôture le long du chemin, mais il s'était interrompu dès le début, cela l'ennuyait. À l'autre bout de la chambre, sur une caisse de bois, une marionnette africaine perchée sur une bouteille vide fixe étrangement le lit. Ses yeux de coquillage brillent, pareils à ceux d'un chat. Jeanne frissonne et détourne la tête. Elle essaie de se rappeler la voix de William.

*

Il était venu trois fois au chalet. La première, il pleuvait dru et il avait frappé violemment sur la porte pour se faire entendre. J'avais vu sa figure plaquée au carreau et j'avais eu peur. J'étais seule et je ne savais pas si je devais ouvrir à cet homme. Il me voyait, par la vitre, me faisait des signes. Il m'appelait par mon nom. Comment l'avait-il su? Le vent giflait ses cheveux et gonflait son ciré jaune. J'avais ouvert la porte et il était entré. Il était resté quelques minutes sur le seuil. J'étais trop énervée pour comprendre ce qu'il voulait. Il parlait anglais. Lorsqu'il est reparti, je suis restée longtemps à fixer la flaque d'eau grise que ses souliers avaient laissée sur le plancher. Il avait prononcé le nom d'Élise, le mot montait à nouveau dans la pièce. Cet homme savait quelque chose au sujet de ma sœur. Je me suis précipitée vers la fenêtre, le regard rivé à la route qui filait entre les chalets. Plus personne. Des balançoires d'enfants grinçaient sous le souffle du vent. La pluie formait un rideau serré derrière la vitre embuée. J'avais été idiote de ne pas l'écouter, maintenant il avait disparu. L'étranger avait une voiture vert pastel, c'est tout ce je savais. Pas même son nom.

Je n'avais parlé de rien à Lucien, il aurait été furieux que j'aie fait entrer un étranger. Le lendemain, quand j'avais vu reparaître la voiture verte sur la route de poussière, j'avais fait mine de ne pas la reconnaître.

— Je sais pas qui peut bien s'en venir ici.

Lucien avait haussé les épaules et fait claquer la porte du chalet.

Les deux hommes se faisaient face dans la cour. J'étais restée cachée derrière le rideau de la fenêtre à les observer. Je me languissais, les doigts agrippés aux rideaux. Que voulait cet homme? Qui était-il? Avait-il vraiment des nouvelles d'Élise? Sa voix me parvenait en sourdine, mais je n'écoutais pas. Je cherchais surtout à graver son visage dans ma mémoire, comme s'il fallait à tout prix que je me souvienne de lui. Ses jambes longues, ses épaules, la ligne des lèvres et ce mouvement nerveux des mains glissant dans ses poches. Son air confus et malheureux. Il semblait répéter sans cesse la même chose et Lucien ne lui répondait pas, le corps raidi, avec des yeux braqués sur lui comme des pistolets. Je suis alors sortie du chalet, réprimant l'envie de courir vers eux. J'avais peur qu'il parte, qu'il m'échappe encore une fois sans avoir pu s'expliquer. En me voyant, il s'est approché pour me serrer la main. Sa paume était moite, ses doigts tièdes, il y avait une tel désarroi dans son regard que j'ai cru un instant qu'il allait s'agenouiller dans le sable et me supplier de l'écouter. Il s'est mis à me parler doucement, en s'efforçant d'articuler les mots, comme à une enfant. Il m'a dit son nom, William Ruben, et j'ai tout de suite pensé à de la soie, ou à des pierres précieuses. Je ne peux me souvenir exactement de ce qu'il disait, mais je me rappelle le timbre de sa voix aussi clairement que s'il se trouvait encore devant moi. J'ai senti qu'il fallait que je l'écoute, je l'ai même invité à venir s'asseoir derrière le chalet. Le soleil poudrait le fleuve d'une lumière

ocre et il me semblait que c'était la première fois que
je la remarquais. Des canards tiraient une bande grise
au bas du ciel, fine comme une dentelle. L'Américain
a plissé les yeux pour les observer, puis a brusquement
fait volte-face vers moi. Ce visage maigre dans la
lumière, ce sourire flou, j'étais certaine déjà qu'il était
amoureux d'Élise.

*

La dernière fois que l'Américain est venu à Baie-
du-Febvre, c'est le soir que je me rappelle le mieux.
L'air humide était chargé d'odeurs pourries. J'étais
déjà assise sur la grève, je l'attendais; cette fois, je
savais qu'il allait venir. Nous devions aller faire un
tour de chaloupe ensemble, sur le fleuve. J'ai entendu le crissement des pneus devant le chalet.
L'Américain m'a fait au loin un signe de la main. Il
souriait. Il me faisait penser à Élise.
   Nous avons poussé la chaloupe à l'eau. Lucien
n'a pas voulu embarquer, il pointait du doigt le ciel
assombri, prétendant que l'orage s'abattrait sur
nous au milieu du fleuve. William est retourné à sa
voiture chercher un imperméable, par précaution.
Il l'a plié sous le banc avant de prendre place. Lucien le regardait d'un œil méfiant. Il n'avait pas
encore fait l'effort de dire un mot d'anglais. Il se
tenait les bras écartés et les pieds enfoncés dans les
herbes marécageuses comme un épouvantail. On
n'entendait qu'un léger clapotis d'eau et le grincement des rames. Le courant portait la chaloupe,
l'entraînait au large. Qu'avait pensé Lucien tandis
que la barque s'éloignait?

Il me revient l'image de l'Américain assis au milieu du fleuve dans la chaloupe. Son regard inquiet parcourant les deux rives comme s'il cherchait une réponse entre ces arbres, sur ces battures lavées par les eaux sombres. Je connaissais alors une partie de son histoire, sa rencontre avec ma sœur, et je comprenais son tourment. J'avais eu envie tout à coup de lui dire tout ce qu'il voulait entendre, de lui jurer qu'il reverrait Élise. Il m'avait répété dix fois les mêmes questions au chalet. Où était-elle? N'avait-elle pas une amie, une cousine à l'étranger où elle aurait pu se réfugier? Comme si quelqu'un savait, comme s'il existait une réponse camouflée entre les murs et qu'il eut suffi de fouiller pour la dénicher. Élise avait disparu, ou mieux, elle s'était enfuie sans laisser de traces.

À un moment, il avait déposé les rames dans la chaloupe et il avait penché la tête en silence, si longtemps que j'avais cru qu'il pleurait. Je sais à présent qu'il devait plutôt préparer ses mots. Je tente parfois d'imaginer ce qui serait arrivé si j'avais alors posé la main sur ses cheveux, si je m'étais accroupie près de lui et avais glissé doucement les doigts sur sa joue. Aurait-il été irrité? Ou aurait-il plutôt eu envie de m'embrasser? Ce n'était pas mon rôle de l'aider, de l'informer sur la vie d'Élise. Je n'aurais dû agir que dans l'intérêt de ma sœur. Toutes ces choses qu'elle n'avait pas cru bon de lui dire, de quel droit pourrais-je moi les lui révéler? Alors, était-ce la lourdeur de ce regard scrutant mon visage qui m'avait fait céder? Ou l'envie subite de défier Élise, de me venger de ce départ dont elle ne m'avait pas confié le secret? Je songeais souvent

avec rancœur qu'Élise m'avait abandonnée entre
deux murs de silence. Et à ce moment, bien que
j'aie senti que ce que je m'apprêtais à faire était
mauvais, je ne m'en étais pas empêchée. Ce n'était
pas un accident, un mot volé, une phrase balancée
à la légère. J'avais choisi de commettre cette erreur.

Il avait parlé sans lever la voix plus haut qu'il ne
fallait pour que les mots traversent le bruit de l'eau.
Il avait posé sa question comme si elle n'en était pas
une. Son regard surtout implorait, me fouillait jusqu'au fond de l'âme. Je n'avais pas répondu tout de
suite. Je goûtais l'attente qui se prolongeait, qui
maintenait William attaché à moi. Une famille de
grands becs-scies s'était approchée quelque peu de
la chaloupe à la queue leu leu avant de bifurquer
vers le large. Je ne voyais plus Lucien sur la rive,
mais une lumière brillait dans une fenêtre du chalet.

«Antoine. Il s'appelle Antoine Vanasse.»

Je ne me souviens plus si je l'avais dit en anglais,
si j'avais parlé du mariage, mais je suis certaine qu'il
avait compris. Je revois son visage de cire, cette façon de serrer les lèvres et l'expression effrayée des
yeux. Le coup avait porté. Encore maintenant, si je
suis parfaitement honnête envers moi-même, je
peux prétendre que c'est moi qui ai tout déclenché.
Ce nom divulgué, cette intrusion dans la vie de ma
sœur, cette erreur que j'avais décidé de commettre.
J'avais trahi Élise, j'avais peut-être engendré la mort
de William, sûrement sa mort.

Nous étions revenus vers la berge. J'avais l'impression tout à coup que le vent s'était levé et qu'il
faisait froid. William avait sorti la chaloupe des
herbes hautes et n'avait plus rien dit, c'est à peine

s'il m'avait saluée du bout des dents avant de monter dans sa voiture et de disparaître au tournant du chemin. Je ne me doutais pas que c'était la dernière fois que je le voyais. Je pensais qu'il reviendrait sans cesse, qu'il me harcèlerait de ses questions, peut-être aussi qu'il ramènerait Élise dans la voiture verte. J'imaginais qu'à force de le revoir, il finirait par entrer dans ma vie. Je ne le connaissais alors que très peu, beaucoup moins qu'après la lecture des lettres que j'avais trouvées deux jours plus tard dans la poche de son imperméable. Sa réaction ce soir-là m'avait paru étonnante, mais je comprends maintenant à quel point il avait pu être affecté.

Le ciré avait passé deux jours sous la pluie au fond de la chaloupe avant que je le découvre. J'avais été chanceuse de le trouver avant Lucien, lui n'aurait rien dit et l'aurait jeté dans une poubelle. Je m'étais déjà rendue à Louiseville pour voir le feu, ou plutôt les planches calcinées du motel, son toit effondré, les pins dénudés et la désolation du décor, avant de déchiffrer cette lettre tous les soirs, en cachette de Lucien depuis onze jours.

*

Je ne sais pas où se trouve Élise. Personne ne peut affirmer le savoir. Elle est partie le matin du 31 mars, silhouette légère dans le crépuscule. Ma mère avait retracé ses pas dans la neige. Élise avait longé le bosquet de sapins derrière la maison, puis, à un endroit où les branches s'écartent, elle avait enjambé la clôture et traversé le champ jusqu'à la voie ferrée. Par derrière... y avait-il une raison? Les traces

se perdent entre les herbes jaunies qui tremblent
dans l'air humide comme des cheveux de vieille
femme. Elle avait dû progresser sur les rails jusqu'à la
route qui mène aux campagnes, vers Saint-Léon, ou
alors elle serait revenue vers la ville, mais après avoir
parcouru un long détour. Pour se cacher? Parce
qu'elle hésitait encore? Elle est partie sans bagages,
sauf un grand sac. Elle portait un manteau bleu
indigo, matelassé, des gants de laine rose que ma
mère avait cherchés pendant deux jours dans toute
la maison, simplement pour se représenter l'image
exacte de sa fille lors de son départ. Sa fuite. Ma
mère n'a jamais accepté l'éventualité d'une fugue
volontaire, elle reste persuadée qu'Élise s'est fait
enlever, qu'on a dû lui faire du mal, la forcer à agir
contre son gré. Pourtant, ma mère n'a pas poussé
plus loin les investigations, un peu parce qu'elle a
trop peur. Elle s'est terrée dans son silence, égrène
les heures et les jours, fixe inlassablement la fenêtre,
guettant anxieusement le bout de pavé visible entre
les deux rangées de cèdres devant la maison. Un seul
coin de pavé où porter le regard tandis que la terre
entière vient d'engloutir votre fille.

Elle se reproche encore de n'avoir rien entendu. Le grincement d'une porte, un craquement
de plancher. Élise est partie tard dans la nuit ou tôt
le matin. À cette heure, ma mère aurait dû avoir le
sommeil plus léger et percevoir un simple frottement de pas. Pourtant, elle avait dormi et rien ne
pourra être recommencé.

Si j'avais à deviner où se trouve ma sœur, j'imagi-
nerais mille endroits; un réduit sans fenêtre à New
York, une salle immense, glaciale, où elle se serait

mêlée à la foule, une chambre ancienne meublée de boiseries noires et un lit où elle dormirait avec un homme, une loge au-dessus d'un bar où elle chanterait tous les soirs sous un faux nom, une forêt où elle se serait perdue, une rivière qui l'aurait noyée, un ciel criblé d'étoiles qui la regarderait trembler. Elle pourrait s'être embarquée sur un bateau, avoir rejoint les Antilles et décidé d'y mourir de chaleur contre une pierre. Ou entrer dans une église et lire son propre destin dessiné sur la face du Christ, crier qu'elle ne s'y plierait pas, comme il lui était déjà arrivé de le faire avant son mariage

Élise m'avait déjà dit qu'elle voulait aller en Russie un jour. «Je mettrai tellement d'années à m'y rendre, tellement à en revenir, que vous ne me reverrez jamais plus.» Elle disait aussi que Louiseville était une ville de fantômes, que les gens qui y restaient étaient perdus, qu'il fallait qu'elle parte. Elle parlait souvent comme ça, mais ça n'explique rien.

*

Le mariage d'Élise avec Antoine Vanasse a été célébré en août 1974 à l'église Saint-Antoine-de-Padoue. C'est Élise qui l'avait voulu. Élise la belle, la cruelle. Elle qui voulait tenir Antoine en laisse, comme un chien attaché à ses pas, méprisante. Elle qui voulait aussi être mauvaise, lui imposer ce mariage avant qu'il devienne beau et chargé d'amour comme il aurait pu. Briser au départ tout ce qui menace de faire souffrir.

Je me rappelle avec acuité certaines scènes qui ont eu lieu cet été-là. Nous avions l'habitude d'aller

tous les après-midi au vieux motel de M. Georges, à
la sortie de la ville. Élise adorait cet endroit mal tenu,
s'assoyait sur les sofas gris comme sur un trône de
reine, reniflait les odeurs de tabac et de crasse qui
devaient lui donner l'impression d'être à l'autre bout
de la terre. Notre maison était nette et astiquée, des
vases en verre taillé étaient emplis de gerbes de
fleurs. Le parfum de ma mère, tenace, enveloppait
les vêtements et les objets, se répandait dans chaque
pièce jusqu'à empoisonner toute autre odeur qui
fleurait du dehors. Élise devait éprouver un vif plaisir
à tuer ce parfum qui l'avait emprisonnée toute son
enfance en venant dans ce taudis, au milieu de
vieillards grossiers qui lorgnaient ses seins.

Je ne comprenais pas très bien pourquoi elle
s'obstinait à s'y rendre tous les jours. Il y avait des
salles de billard en ville où elle aurait pu jouer les
putains avec des jeunes crasseux, des fonds de ruelles
où fumer en cachette, des comptoirs de casse-croûte
où reluquer en douce les camionneurs, mais Élise
avait cette façon de s'approprier un endroit singulier,
d'y imposer ses règles en agissant à sa guise. Peut-être
aussi parce qu'elle était de deux ans mon aînée, je me
laissais berner par ses lubies. Antoine savait qu'elle
fréquentait le motel, qu'elle s'y était créé un auditoire
de vieux venus pour la voir et pour l'écouter chanter.
Car elle aimait bien chanter. Elle avait une voix pleine
et chaude, un peu râpeuse comme du velours. Déjà,
toute petite, je me souviens qu'Élise jouait à être
quelqu'un d'autre. On l'entendait toujours mieux que
les autres dans les chorales de l'école. Cette même
voix devait séduire les vieux, les replonger dans une
époque lointaine, dépoussiérer un prénom perdu.

Élise s'amusait d'eux. Elle n'éprouvait aucune tendresse pour ces hommes et elle se serait rapidement lassée de leur compagnie si elle n'avait pas senti l'exaspération d'Antoine. Il détestait l'idée qu'elle s'enferme dans cet endroit infâme en plein milieu de juillet. Il n'y était jamais entré lui-même, mais il comprenait parfaitement ce que ce motel avait de sordide.

Il y a eu de nombreuses querelles cet été-là à ce propos. Nous habitions encore la maison familiale et il m'arrivait de surprendre des mots étouffés, des phrases interrompues brusquement lorsque j'entrais dans une pièce. Le visage d'Antoine était cramoisi et je lisais de la violence au fond du regard d'Élise. Je me rappelle en particulier une fin de journée. De la fenêtre de ma chambre, je pouvais les observer tous les deux, assis sous le pavillon de bois dans la cour. J'entendais depuis un moment un flot de paroles débitées à voix basse, puis la chambre fut remplie par des éclats de voix qui mitraillaient l'air.

— Tu ne le feras pas!

— Je ferai ce que je veux.

—Tu vas finir comme une putain, tu vas te mettre à coucher avec tout le monde!

— C'est déjà fait. Je m'en suis envoyé dans les chambres en arrière. Des vieux, des petits vieux, Antoine...

— Sale chienne.

Elle était penchée vers lui, une grimace collée au visage. Antoine avait levé le bras pour la frapper, mais Élise avait pu le retenir.

— Faudrait qu'on se marie, Antoine, si tu veux que j'agisse comme ta femme!

Cette violence qui roulait dans sa voix, ces outrages qu'elle lui jetait à la figure sans broncher. Le silence s'était étiré entre eux comme un point d'orgue. Antoine avait plié le cou et il était parti, les poings crispés, ses pieds écrasant le gravier de l'allée qui longeait la maison. Élise restait immobile, clouée dans sa colère. À peine ses doigts bougeaient sur sa jupe, et des mèches de cheveux tremblaient sur sa joue. Elle attendait encore, bouffie d'orgueil, espérant peut-être qu'il fasse demi-tour. Pourquoi toute cette violence qui surgissait en elle, si blessante? Élise n'avait pas réfléchi, s'était laissée emporter, pauvre idiote. Je savais très bien qu'elle n'avait couché avec personne au motel, mais j'avais compris à ce moment qu'elle le ferait.

*

Le mal venait de commencer. Ce mal qui la tourmentait sans cesse. Faut-il reculer plus loin, jusqu'à l'enfance, pour découvrir quel poison la tuait? Je me souviens qu'elle disait qu'elle aurait aimé noyer son enfance, la jeter du haut d'un pont. Mais encore, qu'y avait-il derrière ses agissements singuliers qui auraient pu laisser présager le reste? Cette vie tortueuse. Et Antoine, y serait-il pour quelque chose? Je cherche, Élise, dans les couleurs diluées de nos jours ensemble, ces heures que je passais à t'épier, à vouloir te ressembler. À quels démons livrais-tu bataille?

J'entends la pluie tomber sur la galerie. J'entends Lucien qui se berce et le coassement des crapauds. Je pense à d'autres nuits d'été. Des nuits d'avant. Des nuits pareilles, avec cette même odeur.

*

— Entre, Mathieu, entre!
— C'est Élise qu'on entend?
Ma mère lui tire une chaise devant l'évier. Ils sont assis trop près l'un de l'autre; ils ont l'air d'un couple. Ma mère est penchée au-dessus de la table et démêle des bobines de fil dans un petit plat en métal. On n'entend pas le bruit que font les bobines quand elles retombent à cause du piano. Ma mère porte des lunettes pour coudre, mais elle est quand même jolie.
— Sais-tu qu'elle pourrait gagner pas mal à jouer comme ça.
— Où ça, en ville? Elle ne voudra jamais.
— À l'église, le curé a dit qu'il aimerait la prendre pour...
— Chut! Elle va t'entendre.
— Elle ne peut pas m'entendre, elle joue.
— Oui, elle peut.
Son sourire traverse la cuisine. Elle coud sans le regarder. Ses genoux sont près des siens, on dirait qu'ils voudraient se frôler. J'ai le visage pressé contre la moustiquaire de la porte. Mon oncle paraît vieilli vu au travers des carreaux minuscules. On croirait une barrière, mais les voix viennent jusqu'à moi. La robe rose de ma mère, les rayures, les notes du piano. Je vais m'asseoir sur la chaise à bascule sur la galerie. Je regarde l'ampoule au plafond. Le bruit des papillons. Leurs ailes de papier se collent à la lumière. Ils se brûlent à la toucher, mais ils recommencent. Les notes voyagent parmi eux, autour de ce bruit qu'ils font. Un froissement. Cette petite

chose morte au bout de mon pied sera balayée par le vent demain, mais ça n'apprendra pas aux autres à ne pas venir. La musique vient de la fenêtre du salon. Les notes se détachent comme des ronds tracés sur le mur. Quand Élise joue, je sens mieux ma robe, les plis de chaque côté de mes cuisses, le coton et les fleurs en broderie.

Sa musique sort en cris par son ventre. Si mon oncle s'approche de la porte, si elle sent un craquement tout près, elle va reculer le banc d'un trait. Elle est seule, elle habite tout le salon: les rideaux en velours, tous les coussins des fauteuils, la penderie aussi, les tables, le lustre au plafond. Elle a besoin de tout cet espace. Elle se retient de respirer, les lèvres serrées. Elle a peur de laisser échapper une plainte. La musique devient un voile qui pend sur moi. Une note encore, pliée, toutes les notes empilées contre le mur, entre les papillons et moi.

Il ne comprend rien, mon oncle. Il s'est levé, a fait claquer la porte à moustiquaire, m'a saluée sans baisser la voix. Il traverse la pelouse foncée comme une mer noire, s'arrête au milieu, puis repart. Ma mère lui a fait un geste par la fenêtre.

*

Le jour de ses noces, personne ne sait pourquoi, Élise s'est assise au piano. Le salon était bondé. Il y avait des oncles et des cousins que je connaissais peu, qui ne comprenaient pas vraiment qui était ma sœur, ni ce qu'il pouvait lui en coûter de jouer devant eux. Elle a tiré le banc du piano. J'ai eu le temps d'entrevoir le regard ahuri de ma mère. Elle a dû hésiter entre demander le silence ou continuer à parler pour ne pas risquer qu'Élise s'interrompe. Un miracle allait-il se produire, cette robe de voiles qu'elle portait l'aurait-elle transformée à ce point? Ma sœur. Un animal étrange, étonnant, dont il faut se méfier. Savoir tenir ses distances pour ne pas l'effrayer, s'approcher, s'approcher encore parce que ces yeux noirs dans ce visage vous attirent, vous agrippent le cœur pour toujours.

Élise avait joué. Le remous de la conversation s'était éteint tout seul. Une sarabande de Haendel, triste, lente et grave. Son visage était devenu pâle comme de la cire. On aurait dit une colombe posée sur un manteau noir. Elle jouait ici la fin de sa vie. Les dernières notes, elle n'arrivait pas à les toucher, ses doigts étaient restés suspendus au-dessus du clavier, puis lorsqu'ils avaient plaqué l'accord, aucun son n'était monté. Une tante avait posé sa main sur l'épaule d'Élise, d'autres aussi s'étaient approchés d'elle. Ils l'entouraient, lui parlaient, l'étouffaient. Ils voulaient tous la féliciter, la chérir, prendre un peu du reflet de ses cheveux, se coller à son odeur, lui voler un ruban, une parole. Ma mère était restée adossée au mur, les lèvres serrées comme si elle voulait sourire mais que la tristesse lui emplissait le visage.

*

Jeanne voit passer à nouveau l'ombre de Lucien devant la fenêtre, puis elle perçoit le roulement des berceaux de sa chaise sur la galerie. Elle palpe une dernière fois le cahier glissé sous le matelas pour

vérifier qu'il est bien caché, puis enfile une veste
par-dessus sa chemise de nuit avant de sortir le rejoindre.

— Tu dors pas?

Elle secoue la tête. Lucien lui jette un regard
furtif, puis se détourne vers le fleuve. Il reste immobile, le regard enfoncé dans la nuit d'encre comme
s'il pouvait voir très loin, jusqu'aux rives de Trois-
Rivières. Jeanne s'est assise près de lui et ne parle
pas tout de suite pour ne pas sembler empressée.
Son cœur lui martèle la poitrine.

— J'irai voir ma cousine.

— Quand?

— Demain.

Lucien examine attentivement le visage de
Jeanne, y cherchant ce qu'elle essaie de lui cacher.

— Comment elle s'appelle?

— Marie Borgia. Elle est la fille de l'oncle Mathieu.

Jeanne fixe un point devant elle pour ne pas laisser son regard se troubler. Une araignée grimpe sur
un barreau de la rampe. Quelques secondes se pro-
longent dans le silence. Lucien ne dira plus rien.
Jeanne se redresse doucement comme si elle ne
voulait pas faire de bruit. Il a cessé de pleuvoir, mais
le ciel est lourd et sans étoiles. Jeanne entrouvre la
porte du chalet, puis s'arrête.

— Faudra que tu viennes me déposer à l'autobus.

La maison est dissimulée par un boisé d'aulnes et de bouleaux. On ne l'aperçoit qu'au moment d'atteindre le trottoir qui mène à la porte. Le jardin devant la maison n'est pas très grand, envahi par l'ombre. Des fleurs y poussent en vrac. Deux lions de pierre installés de chaque côté des marches rugissent en silence, leurs crocs noircis par la pluie et la poussière. Au milieu du terrain, un massif de lys tigrés entoure la statue d'une femme portant une urne. Des paons en plastique et des girouettes sont éparpillés le long de la maison où les lilas fleurissent blancs et trop peu.

La maison est obscurcie de lierres, on dirait l'ombre qui y grimpe, qui se répand autour des fenêtres, rôdant autour de la porte d'entrée avant de s'y engloutir, mais le plus curieux est le silence qui réussit à s'établir en ce lieu, si près de la circulation de la rue. La main cherche un endroit où frapper sur la porte lisse. La poignée paraît vouloir céder lorsqu'on la tourne, mais elle se bloque avant que le pêne ne soit libéré. Par une certaine façon de tirer, la porte s'ouvre et l'odeur de l'intérieur vient s'emmêler à l'humidité du porche.

*

Quand je suis entrée, il n'y avait personne dans la maison. Ce n'était pas la première fois que je venais chez mon oncle. J'ai attendu dans le hall, je n'osais pas m'asseoir dans les fauteuils couverts de housses, ni m'approcher de la cuisine dont le passage était gardé par un chat allongé sur le parquet. J'ignore combien de temps je suis restée là, immobile, guettant les bruits de la rue. C'était la fin du jour et le soleil baissait lorsque j'ai entendu quelqu'un pousser la porte de la véranda. Mon oncle est entré et je me suis empressée de parler pour ne pas le faire sursauter. Il a semblé heureux de me trouver là, quoique surpris. Il m'a fait asseoir au salon et il a préparé du café.

— Reste assise, Jeanne. Reste, je te dis. Ça va aller, je peux te servir. Qui t'a donné la clé?

— Je n'ai pas de clé, c'était ouvert.

— Comment, la porte de devant?

— Oui. J'ai poussé...

— Le crochet ne devait pas y être. La porte ferme mal depuis quelque temps.

Au salon, les canapés sont adossés à une baie vitrée. Les branches s'y cognent, cadencées par le souffle du vent. L'ombre habite le salon en curieuses régions grises qui se déplacent à mesure que le soleil baisse dans le ciel. Il n'y a pas de rideaux à part le voilage des arbres. Les canapés sont en velours bleu usé. J'observe cet homme devant moi. Il fait tinter sa cuillère sur le bord de sa tasse. Un plateau d'argent est posé sur une table basse à ses genoux. J'essaie de formuler en quelques mots la raison de ma visite chez lui, mais je n'y arrive pas.

— Et au chalet, avec ton copain, ça va toujours?

— Pas vraiment... Attention!

— Oh! le chat! Ouste, mon vieux. Dès qu'on sort la crème, lui, il ne met pas long à la trouver. Attends, je vais la rapporter à la cuisine parce qu'on n'aura pas une seconde de paix.

Le chat le suit. Le corridor est en pente légère du salon à la cuisine. Une bille y roulerait tranquillement. Le chat la guetterait des yeux, caché sous la chaise de paille. Le chat. Un bruit rapide de pattes. Je vois sa queue en point d'interrogation. Mon oncle se penche pour le caresser en vitesse, comme s'il ne fallait pas. Tous les deux paraissent petits dans l'arche de la cuisine, à cause du corridor qui est très long. Une odeur de ciment humide flotte partout dans la maison.

— Gros minet. Attends, tu vas voir ce que je vais te donner. Viens là... Jeanne, comment va ta mère?

— Bien.

— Tu me feras penser, j'ai un livre à lui remettre.

Les voix hautes font un bruit écho dans la maison, comme si ni les meubles ni les moquettes n'arrivaient à étouffer les sons. Mon regard parcourt les murs lézardés, les plafonds ornés de frises qui devaient être beaux à l'époque. Mon oncle me touche le bras avant de se rasseoir.

— Pas de nouvelles d'Élise?

Il a parlé d'une voix sourde. Il se tient au bout du fauteuil, penché vers moi, le regard subitement assombri. Il lisse machinalement le poignet de sa chemise, le retient fermement en place pour tenter d'en effacer un mauvais pli. Je remarque ses mains vieillies et sans bagues, son front dégarni, ses cheveux ternes. Je l'observe à la dérobée. J'imagine mon oncle allongé près d'Élise dans une chambre d'hôtel. Je vois son visage à elle, sa peau rose et ses cheveux éparpillés sur l'oreiller.

Le soir coule dans la pièce. Le chat est monté sur le canapé et cherche à aplatir un coussin de ses pattes pour s'y installer. Les lumières de la rue se sont allumées, enrobant étrangement le contour des objets. Des reflets dans les lunettes de mon oncle m'empêchent de pénétrer son regard. Qui est-il? Je songe à mon père mort depuis si longtemps, et je ne peux m'empêcher de penser que j'assisterai aussi un jour à l'enterrement de mon oncle.

— J'ai apporté une lettre, j'aimerais que vous la lisiez.

— Une lettre?

Je lui tends l'enveloppe épaisse. Il s'approche de la lampe au bout du fauteuil et allume. Il feuillette les pages plusieurs fois, comme s'il cherchait à en comprendre le sens d'un simple regard, sans avoir à déchiffrer chaque mot. Puis il se met à lire longuement, le visage grave.

Lorsqu'il a terminé, il reste immobile à fixer le vide. Il s'allume une cigarette. La fumée lui enveloppe les mains. Son visage émacié paraît vieilli. Une lumière jaune lui éclaire le dos, longe son bras et finit en tache claire sur sa main. Il doit être tard, sûrement l'heure de souper, mais je n'ai pas faim. J'entends au loin des miaulements ténus, mais je ne peux dire s'ils viennent de la maison ou du dehors. L'attente encore, des mots qui ne viennent pas. J'ai peur que tout se termine comme ça, devant ce visage stoïque. Je m'efforce d'imaginer ce qu'il pense. Je le regarde, je me brûle les yeux à le regarder, alors il se tourne vers moi.

«Je vais te raconter, Jeanne. J'ai peur que tu ne comprennes pas tout, que cette histoire t'étonne, te bouleverse profondément. Moi-même je ne m'explique pas vraiment ce qui est arrivé lors de ce voyage.

«J'avais loué une villa. Blanche, au sommet d'une falaise. Des fenêtres, on voyait la mer. On pouvait même se rendre à une petite plage en suivant un sentier entre les rochers. Il y avait des fleurs et une piscine dans la cour. Les propriétaires de la villa avaient donné le contrat d'entretien à un jeune Noir qui venait en vélo. Il passait tous les jours, faisait des bricoles sur le terrain. Je le connaissais peu, nous n'échangions que quelques paroles banales lorsque nous nous croisions dans le jardin.

«Quand Élise est arrivée, j'ai été content d'avoir de la compagnie. Je lui ai ouvert une belle chambre à l'étage. Les murs étaient tapissés et il y avait un ventilateur au plafond. C'était un endroit parfait pour elle. Je savais qu'elle venait de quitter Antoine, je connaissais son état, et il me semblait qu'elle pourrait récupérer lentement dans ce décor. J'avais installé une chaise longue et un parasol à l'extrémité du terrain. La ligne turquoise de la mer étincelait derrière une rangée d'arbres. Souvent, je voyais Élise s'avancer, porter la main en visière sur ses yeux. Le bruit des vagues aussi montait jusqu'à nous. C'était un endroit délicieux.

«Pourtant, le troisième jour, quelque chose est survenu qui a tout fait basculer. J'avais laissé Élise seule à la villa pour quelques heures, je devais me rendre à Bridgetown et elle avait préféré ne pas m'accompagner. Elle était installée près de la piscine quand je l'ai quittée, elle paraissait dormir, allongée sur une chaise. Dès mon retour, je suis passé par le jardin pour lui dire que j'étais rentré. En poussant la grille, j'ai croisé le nègre qui entretenait la piscine. Je l'ai salué, mais il n'a pas répondu. Il n'a pas levé les yeux vers moi. Son regard était obstinément fixé devant lui. Ce comportement m'a paru étrange. Il a enfourché son vélo et s'est éclipsé en vitesse, comme un homme pris en faute, comme s'il fuyait.

«Élise n'était plus dans le jardin, sa chaise était vide. Je suis entré dans la villa. Elle était assise au salon. Les rideaux étaient tirés et je ne distinguais que sa silhouette immobile dans un fauteuil. Des mèches de cheveux lui barraient le visage. Je me suis avancé vers elle. Elle s'est levée brusquement à mon approche et, l'espace d'une seconde, j'ai vu la profonde détresse qui noyait son regard.

«J'ignore encore ce qui est arrivé cet après-midi-là. J'ai voulu la questionner, mais elle devenait agressive. Je devine que c'est à cause du type de la piscine. Ce malaise que j'avais ressenti en le voyant. Peut-être avait-il été impoli, grossier, peut-être avait-il voulu l'embrasser, je ne sais pas, la toucher? Ou il lorgnait simplement un peu trop vers elle? Le lendemain, Élise a décidé de partir sans me donner d'explication. Comment aurais-je pu intervenir? J'aurais voulu comprendre, lui venir en aide, mais je me suis rendu compte que je n'y arriverais jamais, car elle refusait de se confier à moi. Je n'ai pas pu la convaincre de rester. Elle aurait préféré à ce moment quitter l'île, mais je considérais sa décision comme une bêtise et j'ai insisté pour qu'elle loge ailleurs.

Nous avons pris la voiture et je lui ai fait visiter les hôtels, un à un. Elle a choisi le *Casuarina Beach Hotel*, au hasard, je crois.

«Je ne voulais pas l'abandonner dans son état. Je la sentais fébrile, angoissée. Nous passions nos journées ensemble à l'hôtel et je ne retournais que très tard à la villa. Je voulais rester auprès d'elle, m'assurer que rien de grave ne surviendrait. Je lui ai même fait prendre des somnifères quelques fois. Je voulais qu'elle dorme, qu'elle oublie.

— Et c'est là qu'elle a rencontré William.

— Il paraissait gentil, tendre, j'ai eu confiance. J'ai cru que ça pouvait peut-être la ramener sur terre, chasser ses idées noires. Pourtant, tu vois, on dirait que je me suis trompé...

Il pose sur moi un regard douloureux. Il paraît accablé, déconfit. Sa chemise bâille sur sa poitrine creuse. L'inquiétude et la rage ont durci sa voix.

— Et maintenant, on fait quoi?

— Rien, Jeanne, on ne peut rien. Attendre... quoi d'autre?

*

L'autobus s'est rempli petit à petit. Jeanne se demande où peuvent aller tous ces gens à cette heure tardive. Son oncle l'a raccompagnée au terminus. Il a vérifié lui-même si l'autobus en gare se rendait bien à Trois-Rivières. Maintenant, il attend sur le trottoir et regarde monter les passagers, les mains enfouies dans ses poches. Il porte un manteau gris foncé, de la même couleur que la nuit, que la ville.

Jeanne tâte son sac du bout du pied pour vérifier qu'il est bien là. Elle se sent soulagée de rentrer ce soir, de n'être pas restée à dormir chez son oncle. Elle inventera un autre mensonge pour Lucien.

Le moteur vrombit, les gens agitent leurs mains, se bousculent sur le trottoir. Jeanne cherche son oncle des yeux. Il n'est plus là, il lui a peut-être fait tout à l'heure un signe qu'elle a manqué. L'autobus emprunte des ruelles sombres pour quitter Shawinigan. Des fenêtres allumées, des ombres derrière les dentelles aux rideaux, un chat perché et ses yeux luisants. Qui vit là? Qui d'entre vous aurait vu passer ma sœur?

Ici, personne ne la connaît. La ville disparaît, se creuse entre les collines. Des lumières minuscules bougent au loin. Des voix qu'on entendrait pareilles à un murmure sourd s'il n'y avait pas tout ce bruit. Il y a des hommes là-bas, ils respirent, leur souffle se perd dans la couleur du ciel. Partout, il y a des gens qui ne l'ont jamais rencontrée, qui ne souffrent pas de l'avoir perdue. Ils ne savent rien. Leur marche se poursuit à l'infini, ils n'ont pas cette petite pierre dure au fond du ventre qui remue quand on pense à elle. Même qu'à cette seconde, quelqu'un doit être à ses côtés. Il la regarde, il la touche. À moins que cette rivière noire, ces eaux profondes n'aient déjà englouti son parfum.

Jeanne se met à penser à la mort d'Élise. Une fébrilité la gagne. Le simple fait de cette idée lui paraît effroyable. Mais peut-être y a-t-il pire, après tout, peut-être est-il plus souffrant de ne pas savoir? Ces lumières au loin, toutes ces maisons. Quelqu'un là-bas pourrait-il répondre? Et si Jeanne criait, n'y aurait-il que le vent qu'on entendrait, que le silence? Ton silence. Élise.

Notes de voyage d'Élise

janvier 76

Mathieu pose les cartes postales sur le bureau.
Sa chemise d'un blanc crayeux accentue la pâleur
de son visage. Le mois dernier, c'était Jeanne qui venait lui faire lire une lettre, et maintenant, il y a ces
cartes. Il tourne le regard vers la fenêtre. Des bruits
de voix parviennent du parc derrière l'école. Souvent, en été, des chœurs d'enfants y font des exer-
cices de chant le samedi. Il se penche à la fenêtre,
fouille le décor d'un œil habitué: la clôture galvani-
sée, la haie de chèvrefeuille, le mur patiné de l'im-
meuble voisin, les rideaux de cretonne fleurie à la
fenêtre d'en face, le trait poussiéreux du trottoir et
la ligne bleue du pavé. Oui, c'est ça, le bleu du pavé.
Il a approché sa chaise de la fenêtre, mais il ne regarde plus dehors. Le soleil effleure ses mains d'une
lumière poudreuse, ses mains molles et immobiles
posées comme des objets étrangers sur ses genoux.
Il les remue un peu.

— Qu'est-ce que t'en penses? lui demande Simone.

Simone Borgia, la mère d'Élise, est assise au fond
de la pièce. Depuis que sa fille a disparu, elle s'est
transformée. Petite, vieillie, les joues trop fardées et
les paupières gonflées, elle ne ressemble plus à la
femme que Mathieu a connue. Quelque chose au
fond d'elle s'est brisé, ravagé par le chagrin.

Les mains jointes sur sa jupe, elle attend ce que

Mathieu va dire. Sa face ronde est rivée sur lui. Mathieu n'ose pas encore parler. Il tourne la tête à nouveau vers la fenêtre. Les pensées qui blessent vraiment viennent du dehors, du passé qui traverse tranquillement le pavé bleu. Il se souvient d'un tas de choses, brusquement, comme si des images resurgissaient toutes à la fois. L'épaisseur de cette pile de cartes sur son bureau en contient bien plusieurs, mais celles-là l'effraient. Arrivera-t-il à lire ces mots qu'Élise avait écrits, là-bas? Il range les cartes postales dans un tiroir, avec une précaution particulière. Il a la curieuse impression de toucher un vêtement d'elle, ou même sa peau lorsqu'il effleure du doigt les écritures à l'endos.

— Je crois bien que je les lirai toutes, mais pas plus d'une à la fois, déclare-t-il.

Il referme le tiroir.

— Bien.

Mme Borgia attend encore, recroquevillée dans son fauteuil, le visage intéressé et grave. Sa main droite frotte nerveusement le coussin de velours et un faible grattement s'entend dans la pièce.

— Où les as-tu trouvées? demande Mathieu.

— Dans la pochette intérieure de sa valise.

— Tu n'y avais pas regardé avant?

— Je ne voulais pas toucher à ses affaires.

— Tout ce temps?

Elle hausse les épaules. C'est pourtant simple à comprendre: le jour où Élise rentrera, quelle excuse aura-t-elle d'avoir lu ces cartes?

— T'aurais pu les remettre à leur place après.

— Parce que tu crois que ce qu'elle a écrit explique quelque chose? demande Simone.

Mathieu ferme les yeux. Il revoit distinctement
sa nièce assise au salon de la villa, dans l'île. Pas un
sourire sur son visage, pas une lueur dans ses yeux
ne permettait de déchiffrer son trouble. Il se souvient de l'avoir prise dans ses bras, il se rappelle le
poids de sa tête sur son épaule.

— Tu crois que nous apprendrons quelque
chose? insiste-t-elle.

— Toi, tu les as lues?

— Non.

Elle baisse la tête piteusement. Elle attend déjà
les reproches, son cœur bat plus vite, la peur lui
noue la gorge.

— Un peu, des mots parfois, quelques lignes...

— Tu es sa mère, Simone.

Il a parlé avec douceur, mais l'expression sur
son visage trahit son étonnement. Incrédule, ses
yeux fouillent les traits de cette femme qui incline le
cou dans son fauteuil. Simone est venue déposer
cette pile de cartes postales sous son nez; elle lui
demande de les lire et de lui donner un avis, alors
qu'elle n'a même pas réussi à le faire elle-même depuis cinq mois. Cinq mois qu'Élise a disparu et
qu'elle n'ose pas encore toucher à ses affaires.

— T'en as parlé à quelqu'un, à Jeanne; tu les lui
as montrées?

Le timbre de sa voix est sévère. Il la regarde droit
dans les yeux. Simone baisse encore la tête, enfonce
son menton dans son corsage. Elle cligne plusieurs
fois les paupières et Mathieu a peur qu'elle se mette
à pleurer. On n'entend plus que la respiration sifflante de la femme dans la pièce.

— Peut-être qu'en lisant les cartes, poursuit Mathieu, on constatera qu'Élise a été très malade, qu'elle a pu commettre des gestes malheureux, se retourner contre elle-même...

Il a baissé la voix. Une grande lassitude l'envahit. Il reste un instant silencieux à regarder les rayons du soleil qui dansent sur les murs, sur le bureau de bois verni. Soudain, Simone se redresse de son fauteuil et fait quelques pas vers lui, les yeux allumés d'une lueur particulière. On dirait qu'à présent, une sorte de rage s'empare d'elle, la pousse à parler. Son front est devenu moite de sueur.

— Les cartes sont adressées à Antoine, mais lui, je ne veux pas qu'il le sache. Tu m'entends? Il n'a rien à voir là-dedans. Si Élise ne l'avait pas connu, tout ça ne serait pas arrivé. C'est à cause de lui qu'elle est devenue étrange, il l'a rendue folle! Tout ça est de sa faute! Je crois qu'on pourra se débrouiller sans lui pour découvrir ce qui a pu arriver.

Mathieu se tait, consterné. Il ne comprend pas pourquoi Simone en veut à ce garçon, et il ne cherche pas à l'apprendre.

— J'ai pensé, ajoute-t-elle d'une voix hésitante, que peut-être elle a tellement aimé la Barbade qu'elle y est retournée.

Mathieu regarde fixement sa belle-sœur. Dans sa voix, dans son regard battu, il perçoit une détresse, un besoin irrépressible de s'accrocher à un espoir. Élise se cacherait-elle là-bas? Elle a dû partir sans argent; par quel moyen s'y serait-elle rendue? Et pourquoi? Quelque chose le prévient que ça ne peut pas être ça, pas aussi simple que ça. Il imagine Élise devant la mer, une nuée d'oiseaux entourant sa silhouette debout en plein vent.

— J'ai pensé que tu pourrais y retourner. Tu connais bien l'endroit. Oh, pas longtemps! Une semaine, le temps de voir... Qu'est-ce que t'en penses?

Mathieu se lève tranquillement, contourne le bureau pour s'approcher de Simone. Il ne lui répond pas tout de suite. Un trouble léger marque son visage. Simone a le sentiment qu'une chose grave s'est produite et que, d'une certaine façon, il se pourrait qu'elle en soit responsable. Elle n'ose plus parler et baisse les yeux en tentant de calmer sa respiration haletante.

— Je vais lire les cartes, Simone, je te le promets. Je crois que le mieux, c'est de lire toutes ces cartes, les unes après les autres.

4 heures du matin.

«J'aime cette île. La nuit surtout. Quand la chaleur est dense et odorante. Le jour, une lumière crue agace l'œil, l'irrite de trop nombreuses couleurs. Très tard, quand il me semble que toute l'île est assoupie, je sors pieds nus de ma chambre et je descends sur le parterre de l'hôtel. J'entends le bruissement des insectes, le roulement des vagues. Je passe devant le gardien de nuit qui me fixe chaque fois en fronçant les sourcils. Il voudrait m'arrêter, avoir le pouvoir de dire "Madame, il est trop tard, allez vous coucher". Il n'a jamais ouvert la bouche, mais j'entends les paroles qu'il pense dans sa tête.»

Antoine,

«Je marche dans la rue, sous le feuillage serré des arbres. Sans peur. Je vois toutes les maisons, vertes, roses, qui dorment côte à côte. Il y a des crabes énormes à cheval sur les murets de pierre. Des parfums de fleurs qui voyagent paresseusement au milieu des effluves marins, des odeurs si inattendues, si pénétrantes que je n'arriverai jamais à me les rappeler toutes. Il y a parfois des hommes qui m'observent. Ils braquent leurs yeux avides sur mon corps, me dévisagent. Une nuit, ils étaient trois, assis sur une galerie. Ils chuchotaient dans l'ombre. Une lumière brillait au travers d'une fenêtre derrière eux, dessinait leurs contours en ombres chinoises. J'ai eu envie de m'arrêter, de leur sourire et de me glisser dans l'allée de cette maison, entre les plantes grasses balancées par la brise chaude. Peut-être que s'ils avaient bougé, s'ils s'étaient approchés de moi, je l'aurais fait. Mais ils restaient derrière la rampe et j'entendais leurs rires retenus, leurs paroles indécentes. Que m'auraient-ils dit? Auraient-ils été violents, grossiers, m'auraient-ils conduite dans une chambre à l'arrière pour jouir de mon corps? Une bouffée de fuschia me montait aux narines. J'ai descendu la rue jusqu'à la baie, tandis que le bruit de leurs voix se perdait derrière le roulis de la mer.»

Minuit, sur mon oreiller.

«Ce soir, en marchant dans la rue, j'ai entendu les notes d'un violon. Elles ne venaient pas d'une église devant laquelle je passais, mais de la maison voisine, petite, basse. Aucune lumière ne filtrait derrière les volets clos. Je savais pourtant que quelqu'un y jouait. La musique était si prenante que je me suis arrêtée longuement pour l'écouter, émue, étonnée d'une pareille tristesse. J'ai cherché comment je pourrais mourir de cette façon, à force d'immobilité, clouée sur moi-même, pétrifiée de l'intérieur comme si je devenais une statue, et envahie d'un sentiment immense, plus grand que moi, qui m'engloutirait.»

6 heures du matin.

«Je suis entrée par une porte, en pleine nuit. Elle était ouverte. Il y avait une maison de bois au fond d'une cour. J'avais vu un chat aux yeux olivâtres s'y faufiler. Il m'avait d'abord fixé longuement. J'avais eu le sentiment étrange qu'il m'appelait, qu'il m'invitait à entrer. Je l'ai suivi. Je marchais sur un plancher dur, peut-être en ciment, ou en terre battue. Il flottait une odeur de canelle. Une femme m'a interpellée à voix basse, mais elle était si près que j'ai eu l'impression qu'elle avait crié. J'ai failli buter contre elle, j'ai même senti un frôlement de tissu sur ma cheville. Peut-être le coin de son oreiller, car elle paraissait dormir par terre. Je ne la distinguais pas, ni aucune autre silhouette dans la pièce. Je ne voyais que les yeux lumineux du chat. Que s'est-il passé par la suite? M'a-t-elle frappée au visage, ou est-ce le bruit du claquement de porte qui me revient en écho? Mes souvenirs sont parfois si vaporeux, si confus; je me retrouve devant des images étrangères à ma vie que je m'efforce de recoller pour leur donner un sens.”

Antoine,

«Il y a eu un après-midi où je suivais la course des nuages dans la bande bleue du ciel. J'habitais alors une villa. J'étais assise au bord de l'eau et le garçon m'a prise par le bras pour m'entraîner derrière une clôture. Je ne crois pas que ce soit moi qui l'aie voulu. Il m'a souri et j'ai vu ses dents toutes blanches et luisantes. Il m'a déshabillée, m'a retiré mon maillot de bain. Il riait, sa respiration était rauque, sifflante. Je fixais des ananas et des arêtes de poisson dans une poubelle. La senteur était insupportable. Peut-être était-ce la sienne. Il suçait mes mamelons et son crâne si près de mes narines répandait une odeur lourde, musquée. La façon dont il s'agrippait à mes flancs me faisait mal. Ma tête heurtait parfois la clôture. Je ne sais pas le temps que cela a duré. Le lendemain, je suis partie.»

     Antoine,
     «Je suis venue dans cette île pour savourer le soleil, le temps, la lenteur du temps. Je suis ici pour te punir, pour apprendre à te haïr. J'ai envie de te faire mal, profondément, autant que ton amour fou m'a possédée. Il faut que tu te rendes compte.
     Je m'exerce à faire tout ce qui me vient à l'esprit et qui pourrait te blesser si tu l'apprenais. J'imagine même le pire. Je crois qu'un jour, j'arriverai à te chasser de ma vie, à ne plus jamais penser à toi.
     Chaque matin je t'écris ces cartes postales que je ne t'enverrai jamais. J'apprends à te faire souffrir. Je te raconte ce que j'ai fait la veille, ce que tu aurais appris si tu étais un de ces pinsons jaune et noir qui viennent picorer des graines de pain sur le patio. Si tu me voyais au travers de la porte-fenêtre, nue, à faire toutes ces saletés. J'écris en lettres minuscules, serrées, pour pouvoir noircir de détails l'endos de la carte. Je t'injurie, j'invente des insultes, des histoires épouvantables sur moi, sur mon corps, ce que j'en fais. Je remplis aussi l'espace réservé à l'adresse. Puisque je ne te les enverrai jamais. J'écris si serré

que je suis incapable de me relire moi-même. Peut-
être dans cent ans, quand j'aurai les yeux tout petits,
je saurai déchiffrer ces traits de crayon minuscules.
À moins que toutes ces punitions ne me mènent
nulle part. Que je me bute au mur de ma propre
mort.»

Cher Antoine,
«Je n'ai pas choisi William. Il est venu. Il n'a jamais été question que je tombe amoureuse de lui. Il
fait partie de ma vengeance. Qui est cet homme qui
me poursuit? Je ne sais pas s'il est beau; ni son visage
ni la frange bouclée de ses cheveux n'ont pu m'é-
mouvoir. Je ne vois de son corps que des parties
fragmentées. Je flotte au milieu d'images floues,
irréelles. Quelquefois, des intants du jour se cristal-
lisent brusquement. L'espace d'une seconde, j'ai
envie que cet homme me prenne, j'ai besoin de
l'aimer. C'est un leurre. Je n'aimerai plus jamais
personne. Tout ce que je fais avec lui, tout ce que je
lui dis n'est qu'inscrit à l'intérieur d'un plan, ce
n'est que le moyen d'arriver à mes fins. Je ne veux
plus de cette vie, même pas ici, même pas dans cette
île qui me plaît. Il faut que j'arrive à te détester,
Antoine.»

Cinq heures et demie de la nuit.
«Écoute bien ça: chaque jour, nous marchons
sur la plage, nous profitons de la baignade dans les
eaux limpides. William me suit partout. Il se colle à
moi. J'endure tout cela, je ne résiste pas. Je ne res-

sens aucun mal, ni aucun plaisir. J'effleure sa peau irritée par le sel, le soleil, et ma main reste froide. Sous l'ombre d'un casuarina, j'explore son corps du bout des ongles, mes doigts parcourent doucement ses cuisses velues, écartées, offertes. Son sexe se gonfle, sa peau frémit. Il baisse les cils. Son regard glissé sur moi devient alerte, brûlant. Ses lèvres s'entrouvrent, je vois ses dents fortes et tranchantes qui mordilleront doucement mes seins dans la touffeur de la chambre. Tout à l'heure, il fouillera mon corps, il flairera l'odeur de mes cuisses et je sentirai sa langue mouiller ma vulve. Je le laisserai faire ça.»

2 heures

«C'est le claquement du tonnerre qui m'a réveillée. Il pleut tellement qu'on dirait que la terre tremble. J'ai peur. Je regarde les murs tapissés de la chambre et il me semble qu'il y a des yeux partout qui me fixent. Tes yeux, Antoine. Je reconnais leur couleur ambrée. Ils sont si nombreux que je ne peux plus les éviter. Nulle part. Pas d'issue. Ils tournent autour de moi, s'amusent à me poursuivre, à piquer ma peau. Je me retiens pour ne pas crier.

Je me rappelle un soir où nous marchions sous la pluie. Tu m'empêchais de courir dans la rue, de me faire mouiller par l'averse. Tu me retenais pressée contre toi sous un parapluie, si serré que j'avais du mal à respirer. Tu m'embrassais. Tes mains s'accrochaient à mes vêtements. L'odeur des pavés mouillés me monte encore aux narines. J'ai ouvert le ventilateur au plafond de la chambre. Comme ça, je me sens protégée de toi. Les pales tournent rapi-

dement au-dessus du lit et tes yeux doivent rester
sur la tapisserie du mur pour ne pas se faire happer
par leur mouvement.»

Antoine,
«J'ai mangé des mets bajans. Du poulet arrosé
d'une sauce piquante qui goûtait l'ail, le poivre, les
clous de girofle et les graines de sésame. Une sensation de brûlure sur la langue, au palais, dans le fond
de la gorge. Une impression exceptionnelle de vivre,
d'exister, de souffrir autrement que par toi. J'étais
assise en face de William, sur une chaise en osier.
J'avais les cheveux lissés derrière les oreilles, et je
portais une robe de coton rose pâle. Je devais être
jolie parce que William n'a pas cessé de me regarder
et de me sourire. Ses traits étaient doucement allumés
par la flamme d'une bougie. Moi, je mastiquais la
viande lentement, avec délices. Nous étions à une
terrasse et le soleil venait de se coucher à l'horizon.
Les rochers de la côte gardaient un reflet doré, ocre,
comme si la chaleur accumulée durant le jour était
assez intense pour en irradier encore. Les barques
bariolées, amarrées au port, paraissaient fragiles et
irréelles. J'étais au milieu d'un rêve. Je savais que
j'allais me réveiller.»

Antoine,
«Nous avons fait l'amour pendant des heures. Il
avait tellement envie de moi. Il m'avait enroulée en-
tièrement dans un drap, puis il s'est mis à le tailler
en lanières avec une lame de rasoir pour découvrir

graduellement des plages de mon corps. Il s'obligeait à ne pas aller trop vite. Il a découpé un large triangle à l'endroit de mon sexe et c'est là qu'il s'est attardé le plus longuement. Son pénis était gonflé et dur, je le sentais s'enfoncer dans mon ventre. Il a joui très fort. Il a crié un peu. J'entendais curieusement des voix dans ma tête, celles d'un chœur. C'était un air que je chantais à l'église, quand j'étais enfant, devant le grand orgue. Une pavane. Un air lent et grave qui me glace encore le sang.»

10 heures du matin.

«Je me suis levée très tôt cette fois. J'avais envie de sortir sans lui. J'ai pris l'autobus jusqu'à la ville. Il y avait des enfants qui montaient pour l'école, ils étaient tous vêtus de bleu et les filles avaient des rubans blancs dans les cheveux. Je n'aimais pas la façon qu'ils avaient de me regarder, ou plutôt de ne pas me regarder. J'avais la sensation d'être un vide, un trou dans leur regard. Je suis sortie de ce bus en vitesse, sans savoir où j'allais me retrouver. Maintenant, je suis adossée à un mur de pierre devant un bâtiment délabré sur lequel on a peint les lettres BAKERY en rouge. Des hommes aux cheveux tressés sont assis devant la porte, près d'une caisse en bois contenant des régimes de bananes et des melons. Ils coupent les fruits sur leurs genoux. Avec leurs couteaux, ils pourraient me tuer.»

En plein soleil.

«Cet après-midi, nous sommes allés dans un cimetière au sommet d'une falaise. Il y avait un groupe de gens qui admirait la vue en s'exclamant le long du rempart de pierre. D'autres étaient dans l'église et faisaient la queue derrière un cordon pour avoir le droit de marcher le long des bancs vides et de lever la tête vers la statue du Christ. Une église froide, sans dorure. Moi, j'ai lu à voix haute toutes les inscriptions sur les pierres tombales. Le soleil me cuisait le dos et j'avais si soif, je manquais de salive à force de réciter. J'ai ensuite choisi un espace entre les tombes de deux dames dont les noms me paraissaient célèbres. Je suis encore assise là et je t'écris. Je veux mourir ici, tout de suite, maintenant.»

M. Georges

septembre 76

La rue Notre-Dame de Louiseville est étroite, elle se moule parfaitement au lit de la rivière du Loup. Du pont, on voit les maisons, les hangars et les clôtures coincés entre la rue et la masse d'eau sombre. Juchés sur le haut d'un côteau abrupt, les maisons, les hangars et les clôtures ont l'air de pencher vers la rivière, comme s'ils étaient attirés par elle, comme s'il fallait qu'ils se retiennent pour ne pas perdre pied soudainement un matin de pluie et être engloutis dans les eaux vaseuses.

Je ne peux plus retourner dans mon motel, il a brûlé, il n'existe plus. Tout ce que j'ai maintenant, c'est un hangar en vieilles planches desséchées entre lesquelles on peut voir le soleil. Plié dans mon silence, je m'y enferme pour ne plus avoir à la supporter tout le temps. La vieille Estelle. Toutes ses manies de bonne femme. Il y a assez des soirs où je l'ai devant la figure, où je l'entends respirer, souffler, cracher. C'est comme un rituel. Elle vient me rejoindre au salon avant d'aller se coucher, le visage enduit de pommade pour la nuit, ses jambes maigres et bleuâtres battant l'air sous sa jaquette. Elle cherche ses chats, les appelle, les caresse un par un. Elle toussote, pose sur moi un regard qui me transperce.

— Vous oublierez pas de fermer en vous couchant. Bonsoir!

Elle se penche, baisse le volume de la télévision. Je la laisse faire. Je me fiche d'elle. On s'habitue au mépris des vieillardes haïssables.

Le matin, en me levant, je prends la clé pendue à un clou à côté du lavabo et je vais déverrouiller les portes du hangar. Chaque fois, leur grincement me fait frissonner de bonheur, je recule et j'admire en silence la retraite du roi. Ce n'est pas mon hangar, il appartient aussi à la vieille, mais il est situé au fond du terrain et elle n'y vient jamais. Elle a compris que c'était mon lieu à moi. Elle m'a laissé le vider, le ranger à ma guise, tripoter ses vieilleries sans riposter. Son silence buté derrière les voiles des rideaux. J'ai travaillé pendant cinq jours à rapiécer, frotter, calfeutrer, comme si j'avais eu à décorer un château. La poussière me montait aux narines, me collait à la langue. Enivré par ma besogne, je ne voyais plus le soleil qui montait et baissait derrière les arbres. La vieille devait crier après moi dix fois avant de me voir surgir pour les repas. Mon allégresse la heurtait, l'offensait. Elle n'a pas pu s'empêcher de déverser sa mauvaise humeur sur moi, humiliée de se bercer toute seule, avec ennui, sur son perron.

J'ai sorti tout ce que le hangar contenait et qui n'était plus utile: de vieux outils, des pelles rouillées, des seaux, des chaises cassées, une commode à cinq tiroirs, une faux, un parasol éventré, des bidons. J'ai tout mis au chemin, sauf les chaises de bois que j'ai réparées pour la visite. La commode aussi je l'ai gardée, elle me sert à ranger la boisson et les verres.

J'ai fait une pile avec des journaux et des revues, mais c'est rare que je les lis. Je mets mes pieds dessus et je regarde par la fenêtre étroite qui donne sur la coulée. On y voit les troncs gris des érables, des saules, deux ou trois épinettes, et la lumière du jour qui change de couleur sur les buissons. En étirant le cou, on distingue aussi la ligne terreuse de la rivière en bas, et son bruit, son gargouillis qui me berce comme une musique de clochettes. Même les arbres ont une chanson, par soir de vent, par temps d'orage. J'ai le sentiment d'être seul à les entendre, à les écouter, comme des violons qui joueraient dans une salle vide. Tous ces gens qui passent, ils ne savent rien.

Pourtant, je regrette un peu. Autrefois, j'habitais mon motel, j'avais toute la place pour remuer, faire les cent pas, regarder la rue. Même Kiki s'en plaint. Il ne jappe pas, mais il reste toujours couché, le museau sur ses pattes, comme s'il était d'un coup rendu vieux. Il me fixe de ses yeux abominablement tristes. Je l'ai emmené souvent voir les cendres, les décombres, pour lui faire comprendre que ce n'est pas moi qui lui impose cela, que ce n'est pas ma faute si on n'habite plus chez nous. Qu'est-ce qu'il peut comprendre derrière ses yeux ronds de chien? Il renifle, il gémit un peu, il lève la patte sur une planche de bois noircie pour en établir la propriété. La première fois, il ne voulait pas partir de là. J'ai dû aller lui acheter des bouts de saucisse en face et les lui mettre sous le nez. Il ne voulait pas avancer. Une pitié. Maintenant, il est content de revenir dans le hangar chez la vieille. Il s'est habitué à son paillasson. On est plus à l'étroit, mais on a un toit sur nos têtes, un silence où se reposer, et moins de chagrin. Ça tue, le chagrin.

La vieille fait les repas, elle met les brassées dans la laveuse. Elle se tient les reins. Je lui ai dit de prendre une bonne. Elle s'est fâchée, elle ne veut pas qu'on soit trois chez elle. Elle dit qu'elle ne peut pas héberger la terre entière. Elle dit n'importe quoi.

J'ai parfois de la visite, comme avant. Ça les gêne de se rendre ici, de marcher sur le trottoir de l'allée, entre les bégonias qui se fanent. Ils guettent du coin de l'œil les fenêtres de la maison. Je crois que si

Estelle sortait et leur criait de s'en aller, ils partiraient et ne reviendraient plus jamais. Sauf Théo. Il a un petit sourire sur ses dents écartées quand il parle de la vieille. Il s'en fout, comme moi.

Quand ils viennent, je sors mes verres, je dispose les chaises le long du mur du hangar, sur la pelouse. Il y en a une bleue, une rouge, une verte, elles sont belles, elles reluisent au soleil contre le hangar gris. Les vieux s'assoient, tirent une pipe de leur poche, calent leur chapeau. Tout est à moi, ici, ces chaises, ces verres, vous voyez? Ils plissent leurs paupières et me dévisagent avec bonheur. C'est bien qu'ils viennent des fois. Ça me change. Quand ils repartent, j'ai plaisir à retrouver le silence, la rondeur des barreaux de ma chaise entre mes omoplates, le plafond dentelé des saules. Je m'engourdis de fatigue à force d'écouter le chant flûté de la grive, de regarder la lumière épaisse du jour que le ciel avale tous les soirs.

Ce sera l'hiver bientôt. Il fera trop froid pour rester dans le hangar. Qu'est-ce qu'on va devenir? D'y penser m'arrache le cœur, c'est trop dur. J'ai beau me dire que l'hiver, c'est pas si long, j'ai beau me mentir...

*

Les enquêteurs sont venus jusqu'ici. Je mangeais une pomme. Je l'avais coupée en petits cubes sur une revue et j'en piquais des morceaux avec mon couteau. Je ne me suis pas arrêté de manger pour eux, je crois que ça les a énervés. Ils étaient allés cogner à la porte de la maison, mais la vieille Estelle

avait dû leur indiquer le fond de la cour. Certain
que ce n'est pas elle qui serait venue me déloger de
mon refuge.

Il pleuvait, ils ne pouvaient pas rester dehors,
leurs beaux habits auraient été tout trempés. Ils se
sont assis n'importe où, ils avaient des papiers à me
faire signer, et des tas de questions. Ils avaient l'air
de penser que j'avais mis le feu moi-même. Et
pourquoi, pour me ramasser ici? Tout glorieux, ils
me regardaient de haut, paraissaient convaincus de
m'avoir piégé.

— Vous allez faire quoi avec l'argent de l'assu-
rance, rebâtir? Vous êtes rendu à l'âge de la retraite,
ça tombe ben ce feu-là, hein M. Georges? Vous allez
pouvoir vous la couler douce un peu...

Un jeune aux cheveux roux me nargue du regard. Il jette un coup d'œil autour de lui, l'air de se
demander ce que je fiche dans un endroit pareil. Il
plisse les lèvres avec dédain. Il redresse le dos dans
son bel habit parfumé d'eau de Cologne et se tourne
vers moi.

— Le feu, c'est arrivé comment? aboie-t-il.

— Je dormais, c'est mon chien qui m'a réveillé.

Il glisse un regard incrédule vers Kiki allongé
sous ma chaise.

— Vous avez rien entendu, des pas, des portières
qui claquent?

— Pourquoi, il devait y avoir quelque chose à
entendre?

— Hey! C'est moi qui questionne ici!

Sa voix forte résonne sous le toit de tôle. Qu'il
crie, qu'il gesticule autant qu'il le veut, je n'ai pas un
mot à lui dire. Un coup de tonnerre a retenti quel-

que part, accentuant le ridicule de sa colère. Il se calme, renifle un peu; peut-être que cette odeur de poil mouillé ou de vieux bois l'écœure.

— Il n'y avait personne avec vous cette nuit-là?

— Non.

— Et le pensionnaire?

— Je ne le connaissais pas. Il avait sa chambre, je ne m'occupais pas de ses affaires.

— Un Québécois?

— Un Américain, vous devez ben le savoir?

Je pensais aux policiers qui m'avaient déjà posé toutes ces questions le lendemain du feu. Ils marchaient dans les cendres, faisaient le tour de la voiture de l'Américain, soupçonneux. Qu'est-ce qu'une voiture verte pouvait bien faire là? Et ce jeune homme, était-il étrange, avait-il eu un comportement douteux?

— N'avez-vous pas eu des craintes?

— Des craintes de quoi? Qu'il mette le feu?

Le rouquin hausse les épaules. Ça paraît pour lui une évidence. Parce qu'il connaît la fin de l'histoire, tout le reste parle tout seul: un inconnu qui s'attarde en ville, sans bonne raison, que personne ne semble avoir côtoyé, sauf la serveuse du *P'tit Goûter* — mais elle n'a rien appris sur lui, elle ne dit pas un mot d'anglais.

— Il a dû rentrer soûl, s'endormir avec une cigarette. Il fumait?

— Je sais pas.

Qu'est-ce qu'ils attendent de moi? Ils savent tout, ils ont déjà mené leur enquête! Maintenant je suis las, leur jeu m'agace. Ayant approché ma chaise de la fenêtre, je regarde le spectacle de la pluie sur la

coulée comme s'il n'y avait jamais eu personne derrière moi. Mes yeux se grisent des couleurs fades et
laiteuses du paysage. J'étire le cou et, pour m'amu-
ser, j'essaie de compter le nombre d'érables visibles
de la fenêtre, puis le nombre d'épinettes, c'est plus
facile; ou le nombre de pas qu'il me faudrait pour
descendre jusqu'à la berge et remonter. L'eau est
noire. Le ciel est jaune. Les branches des arbres sont
brodées sur les nuages, et la pluie les glace d'une
lumière froide. Je regarde partout, je fais semblant
de ne rien entendre, d'oublier ce qu'ils m'ont dit.
Ma vie n'est plus là-bas, elle a brûlé, j'ai survécu à de
plus grandes douleurs, à de pires morts. J'entends
un froissement de papier, des paroles, mais leur sens
m'échappe. Je me ferme, je me bute dans mon
silence. Ils s'acharnent, ils continuent à gesticuler
derrière mon dos. Ils veulent résoudre l'énigme. Ils
veulent que je sois l'assassin, le voleur, que j'avoue
une faute. Mais je ne suis pas un imbécile. Je n'ai
rien pris. C'est la vie qui m'a pris, qui m'a déposé
ici, indifférente. Et moi, je n'ai rien à dire.

La noirceur s'est avancée subitement vers moi,
m'a engouffré. J'ai entendu un grincement de bois.
Ils viennent de partir, ils ont fermé la porte.

Je n'aurais pas voulu qu'un seul mot soit prononcé au sujet de ma belle. Il y a des mots qui se salissent, des paroles qui deviennent boueuses lorsqu'elles sont charriées par des esprits tordus. Je tiens
mon secret à l'abri des regards malhonnêtes, de la
vermine de cette ville. Personne n'a à savoir pourquoi ce type était descendu à mon motel, pour qui
son cœur saignait. Le seul mal qui pourrait survenir,
ce serait ma belle qui le subirait. Je ne veux pas que

son nom soit mêlé à ça, à la mort sale, aux soupçons. J'attends que toute cette histoire s'évanouisse d'elle-même, emportée comme l'eau de la rivière vers le fleuve, comme le fleuve vers la mer. Je compte les jours par ennui, j'empile les heures. Souvent, le plus souvent possible, je pense à elle.

Toutes les images que j'ai d'elle, je les possède. Je sais qu'elles ne sont pas les seules qui existent, mais les miennes, je les connais par cœur et je les adore. Je ferme les yeux et j'essaie de me les représenter, une à une, sans hâte. Au début, je ne faisais pas attention à ces images qui m'arrivaient, douces et limpides dans mes jours creux. Puis, tranquillement, elles se sont infiltrées dans ma tête. On dirait une nappe d'eau qui s'élargit, qui m'entraîne et qui me noie.

Je me souviens d'elle, exactement, à la ligne près. Son corps mince, élancé, l'éclat de ses yeux noirs. Sa voix dans ma tête, sa voix vibrante qui chantait. Je me rappelle qu'une fois, elle m'avait demandé de chanter avec elle, mais j'avais refusé; je n'avais pas son talent. Elle montait sur mes chaises, comme une reine de carnaval, nous dominait tous, nous ensorcelait de sa gaîté. Elle s'inclinait et recommençait sous nos applaudissements. Nous n'étions pas nombreux, mais il me semblait que cette salle prenait des allures de fête; cette musique, le claquement des mains, nos rires sonores. Et ces après-midi d'été suffocants où je sentais la moiteur de son bras appuyé contre ma chemise. Dehors, on a dû nous entendre. Quelqu'un nous a-t-il jugés, jeté un mauvais sort à cette époque où elle était vue si souvent chez moi? Qui a pu en être jaloux? Qui a pu nous observer, détester notre bonheur clandestin?

Tes mains, Élise, le scandale de les regarder, de les laisser encercler mon bras. Le danger de savourer la blancheur lumineuse de ta peau baignée de soleil, de goûter ta jeunesse éclatante et cruelle. Tes yeux qui me regardent, qui m'espionnent. Tes épaules nues appuyées contre la fenêtre, tes jambes qui se croisent et se décroisent. Je suis vieux, j'ai un pied dans la tombe. J'ai le souffle court et râpeux, la peau épaisse, croûtée sous les doigts. D'entre nous deux, Élise, c'est moi qui serai mort le premier.

*

J'ai sursauté en la voyant. Elle a cogné contre le carreau. Je lui ai ouvert la porte. Elle avait chaussé de grandes bottes en caoutchouc qui lui donnaient une allure ridicule. On aurait dit qu'elle avait eu à traverser des marécages pour venir me parler au fond de la cour.

Estelle a posé un doigt sur ses lèvres pour que je ne dise plus un mot. Elle a attendu quelques secondes, immobile, guettant le moindre craquement des arbres. Elle s'est ensuite étiré le cou par la fenêtre pour s'assurer qu'il ne venait personne. Je ne comprenais pas son attitude étrange. Puis, elle s'est assise sur une chaise, et rien qu'à voir ses yeux, j'ai eu la frousse. J'ai tout de suite su qu'elle mijotait un sale coup. Estelle s'est mise à chuchoter comme si elle craignait d'être entendue.

— Je suis allée voir Mme Borgia chez elle. Je suis passée par derrière la maison et je l'ai surprise dans sa cuisine. J'ai frappé contre la vitre, mais elle n'a pas voulu m'ouvrir. Elle me voyait. Elle serrait sa

robe de chambre contre elle. Je crois que je lui
faisais peur. Elle devait être seule. J'ai secoué la poignée de porte pour qu'elle m'ouvre. Je ne l'aurais
pas mangée, la petite dame, je voulais juste lui dire
la vérité. Il faut qu'elle sache pour sa fille. Elle ne va
pas mourir les yeux éteints à l'attendre. Je veux lui
raconter ce que j'ai vu, puis ensuite, je pourrai la
laisser tranquille. Elle fera ce qu'elle veut avec sa
vérité. Après.

En parlant, elle jouait avec le bouton de sa robe
près de son cou. Elle l'attachait, ajustait son col autour de son cou plissé, puis, comme si elle se sentait
étouffer, elle le déboutonnait avant de recommencer quelques secondes plus tard. Elle regardait par
terre, s'interrompait souvent entre deux mots, sans
se soucier de l'effet de ses paroles sur moi.

— Vous aussi, il va falloir vous faire à l'idée. Ça
m'enrage de vous voir vous morfondre dans vos
souvenirs. Il va falloir classer cette affaire-là une fois
pour toutes.

Je l'ai mise à la porte. Je l'ai saisie par le chi-
gnon et je l'ai reconduite jusque sur la pelouse. Il a
plu sur elle, sur sa robe grise et sur ses joues flétries
tandis qu'elle regagnait la maison à petits pas.

*

Estelle est méchante, rusée comme un renard. Je
n'allais pas m'en tirer si facilement. Elle a laissé
passer quelques jours, le temps de me faire croire
que son idée lui était sortie de la tête, puis, tout à
l'heure en me servant le thé, elle a répété son
étrange cérémonial. Nous étions installés dans la vé-

randa. Elle a fermé la porte, poussant le loquet comme si elle voulait me retenir prisonnier. Elle a baissé toutes les toiles violettes devant les fenêtres en grimpant chaque fois sur un petit banc pour dénouer la corde qui les retenait. Ses gestes courts et ridicules. Sa respiration sifflante. Elle s'est installée devant moi, le plus loin possible au fond de la pièce rectangulaire. Elle a choisi une chaise blanche, au dossier haut, et a pris le soin de glisser un coussin derrière ses reins.

Maintenant, elle me regarde attentivement. Ses yeux cherchent les miens sans impatience, comme si elle était déjà persuadée qu'elle arriverait à me blesser. J'essaie de me préparer à ce qu'elle va dire. Une peur s'empare de moi quand je la vois si tranquille, si assurée; je crois comprendre brusquement que je serai humilié et qu'il me sera impossible d'échapper à cette souffrance.

— Elle est morte, souffle-t-elle doucement.

— Vous mentez.

J'ai la gorge serrée, mes cils se mouillent. Je ne lui pardonnerai jamais cette offense. Elle reste stoïque, paraissant évaluer l'effet de ses paroles sur moi. Il flotte une lumière étrange, voilée, dans la pièce exiguë.

— Je n'ai aucune raison de vous mentir. Si j'avais le choix, je ne dirais rien, j'aimerais mieux ne pas m'en mêler. Mais je suis obligée de parler. C'est pour vous sauver. Nous sommes vieux, M. Georges, la mort risque de nous prendre n'importe où, sur un sofa, dans la rue. Il n'y a plus de temps pour l'attente, pour l'espoir. Il ne reste plus rien, rien que vous et moi.

— Vous n'avez pas de preuves, Estelle, ce n'est pas un jeu...

— J'ai des certitudes. J'aurais aimé vous épargner les détails, mais vous ne voulez rien comprendre. Je me souviens clairement d'avoir entendu des cris, des cris de femme au milieu de la nuit. La nuit où Élise Borgia a disparu. Je m'étais levée pour voir à la fenêtre; les branches des saules bougeaient dans la noirceur. Je n'y voyais rien. J'étais revenue à la table de nuit pour regarder l'heure au cadran. À nouveau un cri. Ce n'était pas des miaulements de chats. Je vous assure, ça ne pouvait être qu'une voix de femme.

— Non et non! ai-je hurlé, vous ne savez rien!

Je me rebiffe de toutes mes forces, je lui résiste, je ne vais pas glisser dans son délire. Ses paroles me mettent en colère. Elle s'en aperçoit et ricane méchamment.

— Écoutez-moi encore. Il faut que je vous raconte. Ce même matin, à l'aube, j'ai vu un homme sur mon perron, il avait de la boue sur les bras...

— Taisez-vous!

— ...des yeux fous. Il marchait dans la neige, il est descendu dans la coulée en s'agrippant aux arbres.

— Ça ne prouve rien. C'est un traînard qui passait par là, c'est une coïncidence.

— Je crois pas.

Tête basse, j'essaie de penser à autre chose, mais elle a bouché toutes les fenêtres et je n'ai qu'elle sur qui porter les yeux. Je ne réussis plus à bouger, à me défaire de son regard horrible. Elle se délecte de ma peur, assise droite sur sa chaise, l'air paisible et satisfaite. L'ombre qui gagne la pièce dissout peu à peu les couleurs de sa robe. On dirait une femme d'autrefois, ou un tableau ancien qui serait sur le point de se décolorer. Je voudrais tant que la nuit vienne, la nuit d'encre, épaisse, qu'elle engloutisse ma vieille à jamais, me délivre de sa méchanceté. Un chat s'est mis à gratter dans la porte en miaulant. Je fais mine de me lever pour lui ouvrir, mais la vieille m'arrête en m'agrippant par le bras.

— Si je vous disais son nom, ça pourrait vous convaincre, siffle-t-elle.

— Je ne vous ai rien demandé, je ne veux rien entendre.

Elle a attendu que j'aie fait dix pas vers la porte, que j'aie mis la main sur la poignée et que le glissement du loquet ait rompu le silence.

—Le type que j'ai vu sur mon perron, ce matin-là, la chemise boueuse, c'était Antoine Vanasse. C'était le mari d'Élise, mon pauvre M. Georges, quelle curieuse coïncidence!

Le chat s'est élancé vers elle en entrant dans la pièce. Il a voulu aller se jucher sur le dossier de sa chaise, mais elle l'a saisi au vol et l'écrase contre ses genoux, la main plaquée sur son dos gris.

*

Viens, Kiki, viens. Habille-toi. Je sais, il fait nuit, ça ne fait rien. Au moins, il ne pleut pas. On va prendre ton paillasson, toutes tes affaires, comme quand tu partais pour l'école. Tu te souviens? Avec ton gobelet. Ton lait. On va partir d'ici. Il ne faut pas laisser la dame nous grignoter pour dîner.

Viens, colle-toi un peu contre moi. Tu pleures?

Tu veux pas partir une autre fois? C'est pourtant ça. Il n'y a rien d'autre à faire. Ce sera simple, tu vas voir. Il suffira d'ouvrir la porte, de mettre un pied dehors, et d'avancer, sans se retourner. C'est important de ne pas se retourner. Les gens font du sel dans les yeux quand ils se retournent. Il n'y a jamais rien en arrière de toute façon. Rien à voir. On a tout dans notre tête. Tu sens? C'est ici, entre tes deux grandes oreilles molles. Lèche mes doigts, lèche mon visage. Moi, je ne pleure pas. Tu vois? C'est facile. T'es pas trop vieux, dis pas ça, on n'est jamais trop vieux. Jamais, jamais. Tu pleureras quand tu seras mort.

Kiki, t'es un grand garçon raisonnable. Tu as tout compris. On va partir en long voyage tous les deux. J'apporte tes plats et un os pour provision. En chemin, on trouvera bien des maisons. Les arbres, il y en a partout et ils sont très accueillants. On pense qu'ils disent pas un mot, mais ils nous aiment et ils chantent la nuit, avec le vent. Des choses pour moi? Non, je n'ai besoin de rien, j'ai dans mon cœur tout ce qu'il faut. Je pourrai te laisser voir, quand tu dormiras, les rêves que je ferai. On va bien se comprendre, tous les deux.

J'ouvre la porte. T'es prêt? Non, Kiki, on ne peut pas rester, c'est certain. On n'a pas le choix. Viens, viens, mon chien.

Dernière lettre de William à son frère

août 76

Louiseville, le 7 août 1976

Dear Edwin,

Je t'écris au beau milieu de la nuit. J'ai bien peur que mon écriture soit illisible. Il fait noir dans la chambre, dans cette ville, dans ce trou perdu. La lampe fonctionne mal, elle grille une ampoule chaque fois que je l'allume; alors je t'écris à la chandelle. J'ai ôté le miroir qui était fixé à la commode et j'ai planté la chandelle à un des clous qui le retenaient. J'essaie de me tenir loin de cette flamme qui pourrait brûler mes cheveux si je ne me méfiais pas. C'est que ma tête est lourde. J'écris quelques mots, puis je la pose sur la page. J'ai le cœur dans la flotte et les paupières en feu. J'ai bu comme un cochon. Il fait nuit depuis si longtemps que j'entends l'aube qui approche. Un froissement. Peut-être que les oiseaux se préparent, leurs ailes...

Je pense à toi, petit frère, à moitié couché sur cette commode à gribouiller des phrases idiotes. Même si les mots s'embrouillent, se répètent, tu me pardonneras: les idées m'arrivent toutes en même temps et je suis trop fatigué pour me méfier d'elles. Peut-être qu'il arrivera la même chose qu'avec l'autre lettre que j'ai oubliée dans une chaloupe hier soir, peut-être que tu ne recevras rien par courrier et que ces pages se perdront dans la poussière quelque part. Ça me fait curieux de penser que ces mots pourraient exister sans moi, disparaître sans que je sache ce qu'ils seront devenus, qui les aura lus.

Puisque tu ne sais rien encore, je t'apprends que je n'ai toujours pas trouvé Élise, qui semble avoir bel et bien disparu. En tout cas, ils disent tous la même chose, ils ont la même litanie, la même expression secrète du regard. Pas de fureur ni de rage. Ces gens n'ont jamais connu la tempête, tu sais, les grands vents et les vagues qui déferlent si fort qu'on croirait qu'elles veulent fracasser les rochers, cette mer déchaînée, folle, qui enterre jusqu'à nos hurlements. Ici, ils attendent, pétrifiés, silencieux. Ils ont des gestes si petits, si retenus. On dirait qu'ils font tous partie d'une scène jouée d'avance. Je les ai vus, un par un, mais je n'ai vu que les personnages d'une même photographie. Je les imagine assemblés autour d'une même table, cachant leurs visages de leurs mains comme s'ils avaient peur.

J'ai rencontré la mère, mais je ne te parlerai pas d'elle, elle ne m'a rien appris. J'ai connu la sœur d'Élise, Jeanne. C'est elle qui m'a révélé ce que je sais. Pas grand-chose, peut-être l'essentiel, soudoyé, extirpé à petites gouttes imbuvables. Nous sommes allés sur le fleuve faire un tour de chaloupe, en fin de journée. Mais était-ce vraiment hier? Il me semble que les heures m'échappent. Peut-être cette bougie qui fond lentement efface-t-elle mes souvenirs, fait-elle reculer les images? La chaleur de la flamme sur mon visage m'écorche comme une brûlure vive. Il y a une course, un tapage dans ma tête qui m'éloigne de moi-même. Je n'arrive à rien, ni à pleurer ni à dormir. Je voudrais crier mais ma voix s'étrangle sans émettre le moindre son.

J'ai vu Jeanne Borgia, et finalement, elle a parlé. Son regard était bizarre, elle paraissait lointaine. Peut-être qu'en voulant me dissimuler sa crainte, elle devenait empruntée? Elle m'a dit qu'Élise était mariée avec Antoine Vanasse, que je pourrais le voir en ville, au cinéma Royal où il travaille. Elle me fixait des yeux, cherchant à surprendre le chagrin qui se peignait sur mon visage. Feindre. Taire. Supporter l'indiscrétion de ce regard qui me pénétrait. L'image de sa silhouette s'est dissoute dans les eaux du fleuve, mais je vois toujours ses deux pupilles rivées sur moi. Et ces longs traits de lumière sur le fleuve comme si le soleil allait ressortir des ténèbres. L'odeur croupie de l'eau entre les herbes. Est-ce moi qui suis de trop dans cette barque? Suis-je cet étranger qui n'a rien à faire ici? Ils sont mariés, ils ont croisé leurs doigts et se tiennent.

Comprends-tu pourquoi moi, un pur inconnu, je suis venu de si loin pour chercher cette fille? Est-ce normal que moi, j'aie fait tout ce trajet et qu'eux, ils restent plantés là à attendre qu'elle leur soit rendue? Ils ne bougent pas. La peur les tient.

J'aurais voulu m'enfuir dès cet instant. Je suis passé lentement en voiture devant le cinéma. Je voyais l'enseigne au néon briller dans la nuit. Les vitres éclairées. Les gens qui circulaient dans la rue sans hâte. Ça ne fera pas de mal, me suis-je dit, de m'approcher un peu. Ça n'aurait pas dû blesser autant. Il était là, l'homme qui s'appelait Antoine. Il

ne savait pas qu'il devait à ce point se méfier de moi.
Debout, sous la lumière crue de ce hall de cinéma, il
a semblé souffrir. Ses yeux exorbités. Saisis-tu ce que
je te raconte, Edwin? Toutes ces idées qui jaillissent
en même temps dans mon esprit. L'homme était
dans ce cinéma. Je suis entré et je me suis avancé
carrément vers lui. Je ne voulais pas être la seule
victime. Je savais que j'allais partir, lui céder la place
ensuite. Quand la pluie s'abat, il n'est pas juste
d'être le seul à la subir. Tu vois, Edwin? Tu comprends? Le mouiller, le pousser sous l'averse. C'était
une question de justice.

Je ne sais pas quelle fureur m'habitait, quelle
rage sournoise m'incitait à agir. Je l'ai interpellé par
son nom. Il a tourné vers moi un regard surpris. Ses
lèvres pâles, ses cheveux glissant dans sa figure.
Nous étions à quelques pas l'un de l'autre. J'aurais
pu lui toucher le bras, frôler sa main. Je me souviens qu'il portait une chemise blanche et que cette
tache de lumière me griffait les yeux. Il avait les
cheveux bruns, je crois, mais quelle importance? Je
lui ai parlé d'un souffle, comme si une force me
dominait. Je n'ai pas crié, je veux dire que les mots
s'ajoutaient facilement les uns aux autres et que j'ai
réussi à expliquer l'essentiel. Je lui ai parlé de sa
femme, Edwin, avec des mots indécents, des des-
criptions qui auraient dû m'être interdites. Comment je l'avais rencontrée. L'île aussi, le soleil d'enfer. Allait-il me frapper, ou m'arracher la peau avec
ses ongles? Il m'a fixé longuement en silence, puis
il a détourné brusquement le regard. Il m'a demandé à nouveau mon nom, me l'a fait répéter. Il
le roulait dans sa bouche comme une prière à peine

audible. Je n'ai jamais rien vu de si laid, mon frère, rien de si immensément digne de pitié. Il aurait pu vouloir me battre, m'écrabouiller le crâne dans ce hall sous le nez de la petite caissière. Celle-là ne nous regardait même pas. Elle n'avait pas dû comprendre un mot de ce que je venais de dire. Et cet Antoine, peut-être l'anglais lui échappait-il? Je crois pourtant qu'il avait trop bien saisi.

N'as-tu jamais connu ce plaisir aigu, brutal, d'avoir vaincu un ennemi? Écraser. Mépriser. Le rendre si petit et si tremblant qu'on ne peut s'empêcher de se sentir puissant. Sa faiblesse coulait à ses pieds, formait une flaque. Il a relevé la tête et a souri. Il souriait, Edwin, il souriait sans me regarder de face, comme au-dessus de mon épaule. Un sourire figé, une ligne des lèvres ne dessinant aucune émotion. Puis, brusquement, les rôles ont changé. C'est moi qui devenais le plus misérable des deux. C'est moi qui venais de me perdre dans cette ville, moi qui marchais à côté de moi. Pourquoi n'avait-il pas simplement frappé mon visage? La violence qui éclate aurait permis de concentrer le mal, de le réduire à un seul coup de poing. Plutôt que cette nausée insurmontable. Je suis sorti du cinéma. Cette lumière dans mon dos. Cette silhouette qui s'efface. Et ce mal qui me saigne toujours le cœur.

Je suis entré à la taverne de l'hôtel en face du cinéma et je me suis soûlé. J'ai bu de toutes les boissons, ces liquides qui vous incendient la gorge, qui vous débarrassent de vos peurs. Parfois, je voyais la musique debout devant moi, parfois, j'entendais des femmes se coucher. Elles riaient. Je cherchais quand même au milieu des visages une ressemblance. Maintenant, je ne vois que le temps qui m'a échappé, et cette fille, et l'idée fausse que je m'en suis faite. Dans cette histoire, il faut comprendre que personne n'a gagné. Il faut tenir compte d'une certaine langueur des êtres face à leur destin. Ils ont détruit le souvenir qui me restait d'Élise, l'ont rendu trop incolore, trop égal. À moins que ce ne soit moi qui cherche à l'anéantir, emporté par mon chagrin.

En rentrant, j'ai dormi, je crois bien. Peut-être sur le plancher de cette chambre, enroulé au pied du lit comme un chien. Sur ma joue, je sens de la terre collée. Il m'a semblé dormir longtemps, et pourtant, le soleil ne vient pas. Il est resté coincé de l'autre côté de la terre. Et si j'avais dormi tout le jour, jusqu'à la nuit suivante? Et si je ne voyais plus jamais que les nuits, enfermé dans mes ténèbres comme au fond d'un cachot? Non, ce n'est pas possible. Tout à l'heure, j'arriverai à dormir jusqu'au matin et tout reprendra son cours normal.

Les photographies d'Élise gisent partout dans la pièce. Des yeux et des sourires qui se multiplient, sa voix aussi, et sa chevelure, et des tourbillons de couleurs qui m'emportent. Mes bras lui enserrant la taille. L'odeur aigre de sa sueur dans la pénombre de la chambre. Ce ronflement, dehors, est-ce bien le bruit des vagues? Je reviens toujours à cette image, à la première nuit où je l'ai vue sur le parterre de l'hôtel, avec son regard monté vers nous. Pourquoi ai-je compris à cet instant qu'elle m'appelait? Quel destin sournois a joué avec mon imagination et m'a entraîné vers cette souffrance? L'amour n'est rien qu'une invention de l'esprit. C'est un leurre, un vide où les êtres glissent. Mais comment faire pour y échapper? Partir. Oublier cette ville où l'été répand des odeurs de poussière et de rage. J'ai déjà existé ailleurs et je pourrai continuer, comme avant. Je n'ai plus rien à faire ici. Je vais rentrer, me mettre à l'abri.

Je m'efforce de retrouver mon calme. Je pense à d'autres visages, d'autres lieux, je prononce des noms familiers. Je récite tout haut, et ma propre voix m'apaise. J'ai les yeux qui piquent, ma main est lourde. Je crois que je vais dormir. Le front appuyé sur ce bois qui me meurtrit. Viendras-tu me voir, me raconter tes histoires, veilleras-tu désormais sur moi? Je vois des cendres sur ma main droite. Une odeur épaisse me prend à la gorge. Quel est ce bruit qui m'emplit la tête? J'entends des pas. On dirait des loups. Ils viennent. Ils me veulent du mal. Quelle est cette grande lumière qui m'aveugle comme en plein jour?

Antoine

septembre 76

Le cinéma Royal se trouve du côté ouest de la ville, à proximité d'un salon funéraire, d'un hôtel et d'une manufacture. Souvent, bien que cela soit interdit, les passants empruntent la cour de l'usine en pleine nuit, longent les hangars massés dans l'ombre pour arriver plus vite au cinéma. Leur but n'est pas toujours d'y entrer. Ils flânent sous le porche pour s'abriter du vent, regardent les affiches collées à la vitrine. Parfois, un groupe d'hommes profite de l'endroit pour raccoler les passantes. Il arrive aussi que des gens qui ont l'air de s'y rendre bifurquent à la dernière minute et ouvrent la porte voisine, celle de la buanderie, où ils déposent sur une chaise leur poche de vêtements sales.

Un soir de septembre, Jeanne est entrée au cinéma. C'était la première fois qu'elle y venait depuis la disparition d'Élise. Elle était avec un grand
barbu au regard terreux, peut-être celui avec qui
elle vit à Baie-du-Febvre, près du fleuve. Elle s'est
avancée vers le guichet. Ses cheveux tombaient en
désordre sur ses épaules. La pluie avait parsemé de
minuscules taches sombres sur son blouson. Elle a
payé la scéance pour deux personnes. J'ai remarqué
que ses mains tremblaient.

— Vous serez pas en retard, ai-je dit, le film n'est
pas encore commencé.

Elle a rougi légèrement en soutenant mon regard. J'ai cru qu'elle s'apprêtait à me dire quelque
chose, mais elle restait muette, les mains enfouies
dans les poches de son jean. Je suis sorti du guichet
pour pouvoir me rapprocher d'elle. Elle a jeté un
coup d'œil rapide vers le barbu, songeant peut-être
à me le présenter. Il s'est retourné contre le mur,
faisant mine de regarder les affiches.

— Ça marche?

— Pas mal...

Elle hochait la tête, distraite. Elle portait en ban-
doulière un sac qu'elle agrippait nerveusement. Il y
a eu un instant de flottement. Je sentais son malaise,
mais je n'arrivais pas à briser le silence. Plusieurs

secondes se sont écoulées avant que Jeanne lève les yeux vers moi.

— J'aimerais qu'on parle d'Élise. Je voudrais te voir après le film. Tu peux venir au bar de l'hôtel, en face?

Pendant un instant, j'ai cru qu'elle était venue me donner des nouvelles d'Élise, mais son visage n'exprimait aucune émotion. Son regard fuyait au-dessus de mon épaule; j'ai tout de suite compris qu'il y avait une autre raison. Le barbu fixait le mur d'un air buté, comme si quelque chose lui déplaisait profondément. Des jeunes sont entrés, ils rigolaient et se bousculaient devant le guichet. J'ai dû retourner à la caisse.

— Après la projection, c'est d'accord.

Elle m'a souri, puis elle est allée retrouver le barbu. Ils se sont parlé à voix basse, à l'autre bout du hall. Je les observais un peu de biais. J'ai été frappé de voir à quel point Jeanne me faisait penser à Élise, comme si c'était la première fois que je la remarquais vraiment. Elle avait un peu des traits de sa sœur; une carrure du menton, la lèvre supérieure légèrement gonflée, et une façon de pencher la tête qui rappelait Élise. Au bout de quelques instants, ils sont entrés dans la salle.

*

Le bar de l'hôtel Windsor était presque vide. Deux hommes fumaient dans un coin. Jeanne était assise seule, face à la fenêtre. Elle m'attendait. J'étais troublé de la voir à cette table; la même où était assis l'Américain quelques semaines auparavant. Cette même position. L'aurait-elle vu, elle aussi, traverser

la rue devant le cinéma, entrer au bar de l'hôtel,
puis s'asseoir devant cette fenêtre? Peut-être avait-
elle reconnu sa voiture verte garée dans la rue? Que
savait-elle? J'ai tiré une chaise devant elle, en essayant de garder mon calme. Elle n'avait pas dé-
boutonné son blouson et restait immobile, les mains
à plat sur les accoudoirs de la chaise.

— Tu l'attends toujours, m'a-t-elle dit.

— Qui?

— Élise! À qui pensais-tu?

— Personne.

J'avais la curieuse sensation d'être épié, jugé par
ces yeux clairs qui fouillaient mon visage, comme si
Jeanne cherchait à me prendre en faute. J'essayais
de me concentrer pour ne pas laisser paraître mon
trouble. J'étais envahi d'émotions intenses, mon esprit était embrouillé par un flot d'images que je
n'arrivais plus à chasser.

— Pourquoi es-tu venue, Jeanne?

— Pour t'avertir.

— De quoi?

Elle se mordillait nerveusement les lèvres. Je
sentais qu'elle hésitait à parler franchement.

— Ma mère m'a dit que des policiers sont venus
la questionner au sujet du feu. Des vieux au motel
ont parlé d'Élise. Les policiers ont voulu savoir ce
que ma sœur allait faire là-bas, et si elle connaissait
autrefois l'Américain qui y est mort. Ma mère n'était
au courant de rien. Mais s'ils ont su pour ma sœur, il
se pourrait qu'ils viennent aussi te questionner.

— Qu'ils viennent!

J'étais furieux. Les paroles de Jeanne étaient
chargées d'une insinuation perfide. Je savais exac-

tement à quoi elle pensait. J'ai compris soudainement que c'était elle qui m'avait envoyé l'Américain,
que c'était à cause d'elle qu'il était venu me parler.
Et elle supposait probablement que j'avais pu mettre
le feu au motel, par vengeance, par rage. Cette idée
me paraissait si odieuse, si fausse que je n'ai même
pas voulu y donner suite.

Je n'avais rien fait, rien de plus que de le regarder se soûler dans ce bar, ce salaud, rien d'autre
que d'endurer ma souffrance. Toute la soirée. Fasciné par mon propre mal. Comme si je m'étais pelé
la peau des bras morceau par morceau sans avoir le
droit de crier. Penser à Élise et le regarder, lui. Voir
le corps d'Élise et voir ses mains à lui en même
temps. Au milieu de toutes ces faces braquées sur
moi. On aurait dit que tout le monde savait. J'en
voulais à Jeanne de m'avoir fait revenir dans ce bar,
de m'avoir fait replonger dans ces souvenirs. Tout
cela était encore trop présent et je me sentais vul-
nérable, incapable de combattre.

— Dis-moi pourquoi Élise t'avait quittée, Antoine.

— Tu penses vraiment qu'il pourrait y avoir une
raison?

— Elle ne t'avait rien dit?

— Rien qui expliquerait.

Elle scrutait mon visage avec attention. Elle paraissait lutter avec elle-même. Fallait-il me croire, me
faire confiance? Je la regardais se morfondre. Ses
traits étaient contractés, tendus, son regard avait pris
une expression tragique. Voulait-elle m'attendrir?
Était-ce une comédie? Tout ce qui comptait pour
elle, c'était son angoisse, sa peur, son propre chagrin.

Mais sa souffrance n'était rien comparée à la mienne. Ce que j'éprouvais. Cette boue.

Élise et Jeanne. Je les avais connues toutes les deux ensemble, quand j'étais enfant. Elles habitaient près des écoles et je m'amusais à les suivre en me cachant le long des maisons jusque chez elles. Elles étaient pareilles, soudées ensemble par leurs secrets. Au début, elles n'étaient pour moi qu'un jeu. Puis, un soir, Élise m'avait surpris à les épier derrière une haie et m'avait forcé à m'excuser à genoux. C'était l'automne, le ciel commençait à rougeoyer à l'ouest et la lumière caressait ses cheveux sombres. Je ne savais rien d'elle, mais en la voyant ainsi dans la lumière, j'avais compris que ma vie entière tournerait autour de cette fille. J'étais encore presque gamin, et cette douleur vive, jamais imaginée jusque-là, m'avait sidéré. J'aurais souhaité m'approcher d'elle, m'enfoncer dans ce regard noir, le toucher du doigt comme on le ferait pour une flamme belle et fascinante sans se soucier de la morsure du feu.

À partir de là, ma vie a changé. Rien n'a plus été pareil. Cette attente d'elle. Année après année, minute après minute. Je la regardais en secret, je buvais de loin sa beauté à petites gorgées cruelles. Retenir ma hâte. J'ai tout planifié, tout calculé. Je savais qu'avec le temps, je la gagnerais. Il le fallait. Toute ma vie n'a plus été que cela. Que cette soif, que ce désir qui me dévorait. La séduire, éblouir son regard, puis la posséder pour la vie entière. J'avais cette patience des dieux, et je l'ai épousée. Élise Borgia était devenue ma femme.

Jeanne avait les paupières demi-closes. Une lumière jaune arrosait son visage. Je regardais distraitement la pluie lécher la vitre.

— Élise est partie la première semaine de janvier, ai-je repris. Elle m'avait dit au matin qu'elle rentrerait tard, qu'elle allait souper avec ta mère et qu'il ne fallait pas l'attendre. Elle n'est jamais revenue à l'appartement. Le soir, en rentrant dans la chambre, j'avais vu les tiroirs vides, elle avait pris toutes ses affaires. C'était affreux. Tu ne peux pas savoir le mal qu'elle m'a fait.

— Elle est allée avec mon oncle à la Barbade. Lui avais-tu parlé à son retour?

— Non, elle ne le voulait pas. Combien de fois suis-je passé devant la maison, simplement pour l'entrevoir? Je distinguais sa silhouette là-haut, derrière la fenêtre de sa chambre. Elle paraissait étrangement immobile, presque surnaturelle. Pourtant, lorsqu'elle m'apercevait, elle s'éloignait brusquement de la fenêtre. J'allais frapper à la porte, ta mère me disait qu'Élise n'était pas bien, qu'il fallait qu'elle se repose quelque temps, que je devais m'éloigner. Je lui offrais des cadeaux, des fleurs... Je lui ai écrit des lettres. Qui me dit qu'elle les a jamais lues? Et pourquoi ce jeu de cachette, ce maudit silence qui me tuait? Tu vois, j'avais même l'impression que ta mère la retenait de force dans cette maison.

Jeanne a froncé les sourcils. J'ai regretté cet aveu au moment de le dire.

— Le soir du 30 mars, la veille de sa disparition, ma mère m'a dit que tu l'avais rencontrée, que tu étais venu la voir.

— C'est vrai, mais t'as pas idée à quel point on

ne s'est rien dit. Essaie d'imaginer, Jeanne, ça faisait
si longtemps que je ne l'avais pas vue, que je ne lui
avais pas parlé de vive voix.

— Comment était-elle?

La voix de Jeanne était devenue fébrile, précipitée.
Elle espérait que je lui décrive la scène, que je lui
récite notre conversation. Ces deux amants perdus qui
n'arrivaient plus à se toucher, pas même des yeux.
Que restait-il de ces quelques paroles échangées sur le
seuil de la porte? La pluie grise. La robe de nuit
d'Élise qui flottait sur ses jambes nues. Il bruinait et
l'air était chargé de vapeurs froides, d'odeurs de neige
et de terre mouillée. Elle était restée adossée à la porte
et plissait parfois les yeux à cause des gouttelettes de
pluie qui collaient à ses cils.

— Elle paraissait hypnotisée. Je m'efforçais de
ne rien dire qui puisse lui déplaire. Je jouais le jeu
de celui qui fait ce qu'on lui demande. J'étais le p'tit
chien. Elle me racontait des faits sans importance.
On aurait dit qu'elle évitait de parler de nous. Elle
ne s'est même pas excusée, je veux dire...

Jeanne me considérait calmement. Elle voit, me
disais-je, elle sent le trouble qui s'empare de moi.
Elle me voit m'enliser dans ma propre douleur
comme dans une eau épaisse.

— Il faut que tu te mettes dans la tête que ça
faisait trois mois que je ne l'avais pas vue, ni tou-
chée, ni sentie...

*

J'avais rangé ma voiture devant la maison, le
long de la haie de cèdres. J'étais très nerveux. Je

m'efforçais d'apaiser mon angoisse en me disant que c'était Élise qui m'avait appelé, qui m'avait demandé de venir. C'était elle qui le voulait. Je me le répétais. Je m'accrochais bêtement à cette idée.

En montant les marches devant la maison des Borgia, j'ai subitement eu l'impression d'une dernière chance. Le silence de la pluie, cette maison haute, en pierres sombres. La mère d'Élise a ouvert la porte avant que je sonne. Elle avait dû me voir passer dans l'allée.

— Je viens pour la voir, c'est elle qui l'a demandé.

La femme avait le visage gris, creusé de rides. Elle n'était pas maquillée et ses cheveux ternes étaient lissés sur son crâne. Elle restait immobile dans l'embrasure de la porte, me considérant avec méfiance. Elle semblait peser la menace que je représentais dans sa maison.

— Reste ici, je vais la chercher.

Il pleuvait un peu, mais Mme Borgia m'a fait attendre dehors. Je fixais l'ovale du tapis à mes pieds, m'efforçant de ne pas céder au découragement. Pas facile. Ne penser à rien, rester calme. Ils disent que ma place n'est pas ici, dans leur famille. Est-ce qu'ils l'ont dit, ou l'ai-je imaginé? J'entendais des bruits de voix. Les arbres autour de la maison dégoulinaient et leur couleur grise me glaçait le sang.

Élise avait chaussé des bottes et serrait son manteau sur sa robe de nuit. Sa tenue ne m'avait pas étonné, une malade. Elle était là, devant moi, je ne pouvais encore y croire. J'éprouvais l'envie très violente de m'élancer vers elle, de l'étouffer dans mes bras. Elle l'avait peut-être senti; elle restait à l'écart, appuyée contre la porte. Nous avons parlé tranquillement. Parfois, elle me jetait un coup d'œil furtif, et je croyais alors la reconnaître, mais elle m'échappait à nouveau. Je sentais cette distance qu'elle creusait entre nous. J'avais l'impression de la voir au travers d'un mur de verre; il y avait son visage, ses couleurs, sa voix, mais aucune chaleur ne me parvenait.

— Comment ça va, au cinéma?

— Toujours pareil.

— Encore cette Myriam au comptoir?

— Ben oui.

Elle souriait. Il me revenait des images d'elle quand elle passait me voir au cinéma, quand elle s'assoyait dans la dernière rangée de la salle, près de la porte, tandis que je travaillais au guichet. J'arrivais à voir ses jambes dans l'allée, son bras appuyé sur l'accoudoir, et sa main fine, suspendue dans le vide. C'était si loin tout ça.

— J'ai remarqué qu'il y a de plus en plus d'eau qui s'accumule dans la rue, tu vois?

Elle avait fait un geste pour m'indiquer.

— Je crois que s'il pleut toute la nuit, on ne pourra même plus traverser la rue. Il faudrait qu'ils viennent casser la glace pour que l'eau s'écoule.

— Tu dors beaucoup, ici?

— Je sais pas.

— Tu lis?

— Non.

Elle avait baissé les yeux, paraissait fatiguée d'avoir parlé. On aurait dit qu'elle tentait de sourire, mais qu'elle n'y arrivait pas.

— J'ai froid maintenant, je vais rentrer.

Je pensais: «Moi, je peux entrer? Je peux te revoir? Crois-tu que ça va cesser, que nous serons bientôt ensemble?» Je la regardais encore sans dire un mot. Je la regardais si fort que cela me faisait mal. Jamais son visage ne m'avait autant fasciné, jamais je ne l'avais vue si fragile, si troublante.

— Bonsoir, Antoine.

C'était fini. La porte s'était refermée et je n'avais entendu qu'un petit bruit.

Je suis resté longtemps dans la voiture, devant la maison. Je voulais recommencer, retourner devant cette porte et sonner, sonner, jusqu'à ce qu'elle revienne. Je ne l'ai pas fait parce que je savais qu'elle ne l'aurait pas voulu. J'avais peur de sa haine et de son mépris.

Il pleuvait. Les vitres de l'auto sont devenues embuées. J'y suis resté toute la nuit. Les yeux braqués sur la maison où dormait Élise, je n'arrivais pas à m'éloigner. Finalement, je crois que je me suis endormi. Il faisait jour quand je suis revenu à l'appartement.

— Et Élise était déjà partie. Elle avait dû remarquer ta voiture, c'est pour ça qu'elle est sortie par derrière.

— C'est ça, elle a voulu m'éviter, ai-je dit sans y croire.

Son visage était grave. Jeanne avait penché le buste au-dessus de la table, toute attentive à mes paroles, comme si ma voix n'était qu'un murmure et qu'elle devait faire un effort pour l'entendre.

— Et maintenant, tu crois qu'elle peut revenir?

— Bien sûr...

Elle me fixait d'un air incrédule.

— Alors tu crois vraiment qu'elle n'est pas morte?

Elle avait presque crié. Ses mots résonnaient dans la salle et me blessaient avec une violence aiguë.

— Je suis certain qu'elle n'est pas morte.

— Pourquoi?

— Parce que je le crois, c'est tout.

Elle me scrutait avec attention. Je sentais qu'elle cherchait éperdument à s'accrocher à ma conviction. J'aurais payé cher à cet instant pour que le temps recule, très loin en arrière, jusqu'à l'enfance, là où Élise n'était encore qu'un rêve que je chérissais, qu'un espoir lumineux menant au bonheur. Recommencer bien avant. Comme si les jours mauvais n'étaient jamais arrivés.

*

Il n'était pas question que je lui dise la vérité. Cette nuit-là ne s'est pas terminée comme je l'ai raconté à Jeanne. J'ai agi autrement et je n'en ai aucun remords. Je sais qu'on pourrait me juger, me soupçonner, m'accuser, pourtant, c'était bien ma femme selon la loi et selon l'église. Je ne pouvais plus la laisser dans cette maison, je ne supportais plus son odieux caprice. Il fallait qu'elle sache qu'il existait des êtres plus puissants qu'elle-même, que je ne méritais pas son indifférence.

Quel indice m'a fait croire que cette nuit-là, il surviendrait quelque chose? Son visage peut-être, qui semblait dire adieu? Son invitation singulière?

J'ai attendu dans la voiture. Je l'ai laissée bien en vue le long du trottoir pour être sûr qu'on la remarque de la maison. Les vitres étaient embuées, personne ne pouvait distinguer s'il y avait ou non quelqu'un à l'intérieur. Je suis sorti.

J'ai contourné la maison et je me suis caché dans la cour. J'ai réussi à me glisser sans mal sous le plancher du pavillon de bois. Face contre terre. Mes mains étaient noires de boue, mes vêtements aussi. Je suis resté là longtemps, la nuit est longue quand toutes les secondes vous servent à attendre. J'avais froid, je claquais des dents. C'était le mois de mars et la neige n'avait pas encore complètement fondu. Un temps glauque, un ciel baveux, sans étoiles.

Je n'ai pas été surpris quand je l'ai entendue sortir de la maison, en pleine nuit. Il faisait très noir, je la distinguais mal, mais je savais que c'était elle. J'ai vu la porte de derrière bâiller doucement, à peine plus large que pour laisser sortir un chat. Élise n'avait allumé aucune lumière. Elle marchait d'un pas léger, sans faire de bruit. Je l'ai entrevue lorsqu'elle est passée à ma hauteur dans la cour. Elle portait un gros sac sur l'épaule. On aurait dit qu'elle partait loin, pour longtemps. J'étais satisfait de l'avoir surprise dans sa fuite. Mais ce n'était peut-être pas un hasard, elle sortait peut-être comme ça toutes les nuits. Pour voir quelqu'un? D'y penser m'a fait frissonner de rage. Je l'ai laissée filer et je l'ai suivie.

Elle a piqué entre deux sapins et a marché à travers champs avant de rejoindre la voie ferrée. Je l'ai laissée me distancer. J'ai longé les clôtures des maisons. Il faisait sombre. J'avais peur de buter sur quelque chose et qu'elle se retourne. Elle ne se retournait pas, elle paraissait sûre de son chemin. Je voyais sa silhouette mince comme un trait de crayon sur la nuit grise. J'avais l'intention de la suivre pendant des heures s'il le fallait.

Arrivée à la rue Notre-Dame, elle a pris la direction de la ville. Maintenant, sous la lumière d'un lampadaire, je la voyais mieux, mais je craignais qu'elle ne me remarque, alors j'ai attendu qu'elle s'éloigne. Elle a bifurqué sans hésiter dans l'entrée d'une maison: une maison de planches au toit rouge, entourée d'arbres. La rivière coulait juste derrière, au creux de la pente.

J'étais trop sûr de moi. J'avais trop confiance en mon idée. Stupidement, j'ai cru qu'elle était entrée dans cette maison pour y rencontrer quelqu'un, qu'elle était là pour un homme. J'ai jugé que je n'avais qu'à l'attendre et la cueillir au retour comme un oiseau perdu. J'ai attendu le temps qu'il fallait contre un hangar, le cœur battant. Elle allait le regretter, elle allait payer pour ce qu'elle m'avait fait. L'aube se levait peu à peu. Je m'efforçais de ne penser à rien, mais je sentais la colère se gonfler en moi. Je fixais le coin de la maison où sa silhouette avait disparu. Je suis resté plus d'une heure immobile, patient, buté. La boue durcissait sur mes vêtements.

Deux hommes sont passés sur le trottoir, ils parlaient bas entre eux, comme pour n'éveiller personne. Soudain, j'ai eu peur que la rue s'emplisse de gens et que je sois toujours là, à attendre. Je me suis mis à courir jusqu'à cette maison. Je suis passé par derrière et j'ai frappé violemment à la porte. Je cognais sur la vitre, les coups s'amplifiaient, résonnaient dans le silence. Mon corps crispé, tendu, n'espérait que de la trouver, de la reprendre, de briser ce beau visage qui ne m'appartenait plus.

Une femme est apparue, derrière la fenêtre. Elle tenait une couverture sur son dos, par-dessus sa chemise de nuit. Elle avait les cheveux en bataille, le regard hébété. Une vieille. Elle s'est figée à quelques pas de la porte. Nos regards se déchiffraient, ahuris. Alors, j'ai compris mon erreur. Élise n'était pas dans cette maison. Elle n'y était jamais entrée.

Ainsi, elle m'avait piégé? Elle savait que je la suivais, elle savait tout, depuis le début, et elle s'était échappée? Se pouvait-il qu'elle m'ait vu la suivre? Ou alors, avait-elle tout planifié, secrètement, diaboliquement? Non, ce n'était pas possible. Il devait y avoir une réponse plus simple. Je suis descendu jusqu'à la rivière, cherchant par où Élise avait fui. Mes pieds glissaient sur la pente abrupte. Il y avait un arbre tombé sur les glaces. Les bouillons noirs du courant le contournaient. L'arbre pendait au-dessus de l'eau, mais l'autre berge était beaucoup trop éloignée; Élise n'avait pas pu sauter là.

Je suis remonté vers la maison, j'ai fouillé et j'ai trouvé des pistes dans la neige. Elles suivaient le boisé derrière les habitations. J'aurais juré que ces pistes étaient les siennes. Maintenant, je la tenais, j'allais savoir jusqu'où elle était allée. Le corps plié vers le sol, je scrutais la neige, je ne m'arrêtais pas, pareil à une bête en chasse. Plus loin, près du pont, les pistes longeaient une dernière clôture, puis rejoignaient le trottoir où elles se confondaient à d'autres pas, avant de s'effacer complètement, diluées dans la neige boueuse. Le pont, la rue, l'église. Par où s'était-elle enfuie? Allait-elle si loin que je ne la reverrais jamais? ÉLISE! Reviens, je t'en prie. Ce vide ignoble. ÉLISE! Était-ce ma voix que j'entendais hurler? Ou le silence. Ou son absence. Ou ma tête qui éclatait. Les deux clochers se dressaient dans les nuages, touchaient le ciel. Je n'aurais pas été étonné que les cloches se mettent à carillonner comme le jour de notre mariage. Par insolence, pour bénir mon désespoir. Mais elles restaient muettes. J'ai monté les marches jusqu'au parvis de l'église, le corps poisseux, les yeux vides, et je me suis mis à pleurer tellement j'ai eu pitié de moi.

Élise

la nuit du 31 mars 76

Si tout le monde n'avait pas dormi, si toute la ville avait pu être massée devant cette maison, si le bruit s'était répandu que cette nuit-là, Élise Borgia allait sortir par la porte de derrière et ne serait plus jamais revue, les gens regroupés dans la rue Saint-Martin auraient d'abord vu à la fenêtre de sa chambre une lumière s'allumer et s'éteindre plusieurs fois, comme le signal étrange d'un phare.

Chut! Pas un bruit. Ni même mon souffle. Est-ce qu'elle revient encore? Est-ce son pas qui cogne? Elle devrait dormir à cette heure. Je reste tranquille, immobile, figée. J'attends. Les mains sur les draps. Ces violons que j'entends au loin, cette musique lascive, est-ce la nuit qui l'invente? D'où viennent ces chants? Des portes ouvertes de l'église, peut-être. J'aimerais qu'un bruissement d'insectes m'arrache à cette plainte de violons qui s'enroule au creux de mon ventre. Maintenant. Là. Les notes se brisent, se répandent comme des grains de sucre sur le plancher. Ne pas bouger, pas encore, pas même un cil. Ça tient de la volonté qu'on se cloue dans la tête.

La nuit bleue, nappée de silence. Tous ces carrés de papier sur le lit, sur le plancher. Je gratte une allumette et je brûle une photographie. Une bouffée de fumée âcre. Je n'ouvre pas la fenêtre, je sais qu'il est en bas, qu'il me surveille. Et le bruit que ferait la fenêtre, le grincement du bois pourrait... Ma mère est dans son lit, ne dort jamais complètement, surveille tous les bruits que je fais. Je jette la photo avant que la flamme... Les cendres tombent sur le plancher. Je recommence. J'ai une boîte complète de photographies à détruire. Des centaines de visages qui répètent leurs sourires, qui se tortillent, se gondolent et noircissent. Ces robes violettes, ces façades de maison lavées de lumière, ces rideaux de mousseline. Les mots du passé sont avalés par la flamme bleue, indifférents à leur sort. Ma sœur sous le vinaigrier. Le piano. Ma mère en robe jaune m'accordant un sourire répugnant. Je ne leur laisserai rien. Que je devienne un mirage. Comme si je n'avais jamais été. C'est long. C'est comme un affreux devoir.

Je vais mourir. Une seule fois. Pour toujours. Cette ville assoupie n'entendra rien. Ces rues grises, ces fenêtre bouchées. Les gens qui me regardent tout le temps. La neige a étendu une longue nappe qu'ils salissent de leurs pas lorsqu'ils tournent en rond. Ils ne vont nulle part. Faudrait qu'ils apprennent la ligne droite, la flèche. La ville va mourir dans mon dos dès que j'aurai atteint la rivière, la plus grande, celle du loup. Je vais mourir et ce sera bien. Il ne restera que des chuchotements. La colère. Mais tout ça s'éteindra aussi, même le vent n'en saura plus rien, mes couleurs seront dissoutes à tout jamais. Les gens m'oublieront. Parfois, mon souvenir leur enfoncera une épine au cœur, mais ce ne sera qu'une douleur fine, qu'un pincement.

Savoir que cette maison ne portera plus mon pas. Le pavillon de bois dans la cour; ses planches s'effriteront, la peinture s'écaillera sous les pluies régulières. Les averses viendront égales, monotones, comme si j'étais là. Ce champ sous la neige jaunie, parsemé de plaques de boue, jamais plus ma silhouette n'y sera vue. Personne ne pourra pointer du doigt en disant: «Regarde, elle passe.» J'aurai disparu. L'air immobile des sapins, leurs ongles qu'on entend bruire dans le silence épais. Ou les pivoines qui s'effeuillent en août. Leur parfum sucré.

Ces corridors, ces lits, ces couvertures. Le salon où
mon oncle s'avançait, se penchait vers moi: «Viens,
Élise, fais-moi danser.» Je le trouvais beau, mais il
répétait: «Viens, Élise, fais-moi danser.» Si la mémoire pouvait se jeter, se briser à tout jamais, je
m'en débarrasserais. Je la tuerais avec violence, et
pas une minute de ma vie ne serait épargnée. Ils
croient tous qu'ils n'y sont pour rien. Ça m'est égal
de prendre tous les torts, de faire en solitaire la sale
besogne. Délivrance. Gruger avec les dents le métal
de mes chaînes.

Il est en bas. La courbe de la voiture, le frimas.
Une lumière indécise. Presque rien. Il faut que je
tienne encore une heure, que je continue de brûler
ces photographies. Si les souvenirs reviennent, avec
leurs têtes à claques, les pourchasser. La fenêtre est
muette, elle se tient fermée. Elle casse le vent qui
pleure. Cette fraîcheur sur mon bras, est-ce possible?
Ce velours. Il doit y avoir un souvenir qui frappe, qui
veut entrer, avec ses yeux méchants. VA-T'EN! Cette
même fenêtre. C'était l'été. Une nuit où je l'attendais,
— mais quelle nuit? les nuits sont noires et elles se
confondent — j'avais ouvert la fenêtre, et même la
moustiquaire. Je penchais le cou pour voir le plus loin
possible dehors. À la recherche d'une odeur: chèvrefeuille, cèdre. Quelques toits, des arbres, des lueurs
verdâtres dans le ciel, c'était tout, tout ce que je voyais.
Rien d'autre. Comment peut-on vivre prisonnier d'un
si petit carré? Ne dit-on pas que le ciel est infini, qu'il
est si vieux que les étoiles déjà mortes...

«Élise, qu'est-ce que tu fais?» Je ne m'étais rendu
compte de rien. Des dizaines de papillons entrés
dans ma chambre. Le bruit de leurs petits corps bu-

tant contre le plafond. Autour de l'ampoule, collés à la lumière. Ma mère m'avait vue comme ça, à regarder les papillons. Elle avait peut-être eu peur d'eux, ou de mon visage, ou des deux à la fois. Elle avait pris une couverture et tentait de les chasser par la fenêtre restée ouverte. Elle criait un peu. Ou son souffle se coinçait dans sa gorge quand elle faisait le mouvement des bras. Un drôle de son. Je la regardais faire. Ailleurs, dans un autre pays, une femme aurait pu frapper le sol avec la même rage pour chasser des petits crabes de sa cuisine. Et si j'étais née là-bas... Je la laisse faire. Je recule contre le mur. Sa robe claire n'est plus qu'un morceau de vêtement vide nimbé de lumière. Un fantôme.

Une heure peut-être. Je ne sais pas. J'ai fini de brûler les photographies. Je regarde la rue. On dit que c'est le mois de mars. Toute cette eau le long des trottoirs, ces flaques d'encre reflétant mon visage pâle, tordu, pareil à celui d'un ange pris dans les ténèbres. Antoine. Je chuchote. Je ne te vois pas mais je sais... ANTOINE! Je crie. Non, ma voix s'étrangle, reste à l'abri dans ma gorge. C'est mieux comme ça. Je n'ai pas de valises. Rien ne va paraître. Ils entreront dans cette chambre, verront ces rideaux intacts, ces draps froissés, cette lumière au plafond qui sera restée allumée.

Lui, il a eu toutes les chances de me détester. Toutes. Toutes les misères et les méchancetés servies froides. Mais il ne l'a pas fait. M'a étouffée d'amour. M'a toujours pardonné. Il m'a perdue comme ça. Comme les autres. Leurs mains qui donnent. Ce miel dont ils me gavent. Comme une envie de vomir. Ils reviennent, s'attachent à moi, se lovent, me ballottent. Ses yeux sur moi. Lui, je l'attendais toujours, toutes les nuits, enfermée dans cette chambre, comme s'il s'agissait de faire un signe à quelqu'un qui ne voit rien. Cette nuit encore. Il est en bas. Il m'observe, il m'épie mais il ne bougera pas. La pitoyable mollesse et l'indécision des gens de sa race. Il m'enverra chercher, peut-être, quand il verra le grand vide où je l'aurai laissé.

Depuis le début de l'hiver maintenant que je suis enfermée ici. C'est la fin, le mal a assez duré. Les gens parlent déjà. Je n'entends pas ce qu'ils disent, mais je vois leurs silhouettes furtives et leurs bras pliés contre des sacs qu'ils tiennent. Leurs visages blancs, rivés à ma fenêtre, à cette même fenêtre où je me tiens, où ils savent que je me tiens. Ils penseront que je me suis perdue, que j'ai été enlevée, qu'on m'a tuée. Ils diront cela pour le plaisir de s'entendre raconter du mal, des choses laides; ils croiront leurs propres mensonges et ils en inventeront d'autres quand ils ne les croiront plus. Il faut toujours trouver quelque chose à dire.

Ma chambre sent la cave, le renfermé. L'air s'est raréfié autour de moi. Dès que je serai partie, j'en suis sûre, ma mère ouvrira la fenêtre pour aérer. Elle sortira mes vêtements pour les laver, changera les draps du lit, les secouera sous son menton en plissant les yeux. Sinon, je jaunirais. Mes objets, les traces de mon passage se perdraient sous la poussière, et elle ne le permettra pas. Elle va tenter ce prolongement de ma personne, s'approprier mes restes. Les cendres sur le plancher. Elle n'aura pas eu la force de me déloger d'ici. Ils ont tous des regards attendris pour moi. Me supplient, se frappent la tête, et encore, encore, me pardonnent.

J'ai vingt-trois ans et ma sœur vingt et un ans. Nous avons fait ce qu'il fallait, pourtant personne n'a été heureux. Il est trois heures trente du matin, le 31 mars 1976. C'est l'heure, je crois. Les souvenirs qui hurlent dans la pièce ne sont plus que des morts touchant à leurs cendres. Ils s'estompent déjà, dévorés par l'obscurité.

J'ouvre la porte de ma chambre. Une bouffée de son parfum m'emplit les narines, me prend à la gorge. Descendre l'escalier. Plier la peur. Ce corridor, ces lits, ces couvertures. Si ma mère savait ce que je suis en train de lui faire. J'enfile mon manteau. Je marche sans bruit jusqu'à la porte. Avec mes gants, je ne sens pas le froid de la poignée. La laine rêche sous mes doigts. J'attends encore. Il faut attendre pour être sûr que ce sera la dernière fois. J'imagine une route qui monte droite dans une montagne. Les arbres respirent de chaque côté. Ils ne font rien. Ils ont l'air d'avancer, mais il n'y a aucun bruit de racine parce que c'est toute la terre qui bouge en même temps. La route se rétrécit. Je ne regarde pas les arbres. Je fixe le sol. La ligne droite.

J'ai oublié de prendre quelque chose. Je dois retourner à la chambre. Faire craquer un peu le bois, les marches de l'escalier. Seigneur! Je serre les mâchoires. Le silence est rempli de petits bruits si effrayants. Serait-ce ses pas maintenant? Ne pas respirer. Ma mère est là-haut. Passe la nuit à guetter les bruits. Elle flotte dans l'air de cette maison comme une âme refusée au paradis. Un seul crac et elle est devant moi, les yeux exorbités, me regardant mon-

ter l'escalier. Elle voudrait que je lui fasse si mal que
ça la tuerait.

Encore un bruit. Un sifflement qui augmente
dans le tourbillon du silence. Ce sont les chants qui
reprennent. Les violons? Au milieu de l'escalier, je
ferme les yeux et j'essaie de ne plus penser. La peur
m'envahit avec une violence vertigineuse. Pourquoi
a-t-il fallu que j'oublie de les prendre, que je retourne vers cette chambre maudite? Je laisse tomber.
Ça va. Je laisse tomber. Je trouverai ce qu'il faut
dehors.

Je reviens à la porte et je scrute l'obscurité de la
cour. Le silence me cerne, mais pas n'importe lequel. Un silence particulier, comme si la maison
était entourée de gens qui attendent. Sur mon
chemin. Leurs bras ouverts, leurs sourires larges,
leurs dents ouvertes pour me manger toute crue. Il
doit y avoir un homme dans la cour. Il ne peut pas
en être autrement. Il doit savoir. Ce silence, plus
épais encore que la nuit. Un homme pourrait bien
m'observer et me suivre. Le danger est trop grand.
Des deux côtés. Retourner à la chambre ou me jeter
dans la nuit. Sous le ciel en loques, en nuages. Le
désir me gruge. Une envie insoutenable de plonger
dans l'abîme. C'est comme si, soudainement, le
plancher brûlait sous mes pieds. Et que jamais, à aucun moment, je n'avais pu décider de ce que je ferais.

La nuit froide me touche le visage avec ses doigts
glaçants. Mon cœur bat plus vite. Il suffit d'avancer,
même dans la neige. Personne ne peut plus rien
pour moi. Un pas, avancer, mes pieds, la neige, la
route. Je répète machinalement des mots dans le va-

carme de mes pensées. Ils servent à tuer, comme des
balles, visage après visage. Je sens le poids léger de
mon sac pendu sur mon épaule. Il aurait fallu qu'il
soit plus lourd. Je tâte la corde au fond du sac. J'avais
préparé ce qu'il fallait dans la chambre. J'étais par-
venue à monter les briques de la cave sans qu'elle
me voie. Ce fut si long. Il a pourtant fallu que je les
oublie sous le lit. Près de la rivière, il devrait y avoir
des roches. J'aurai ce qu'il faut. Pourvu qu'il ne me
suive pas. Pourquoi mes pieds marchent-ils si vite?
Ils glissent rapidement sur la surface croûtée de la
neige. Je suis quelque chose, un sentier, des rails. J'ai
le cou cimenté en direction du sol. Je ne me suis
même pas retournée. La maison s'efface derrière
mon dos. C'était la dernière fois. Son parfum. Neige,
pas, nuit, marcher, avancer. Les mots s'additionnent,
inoffensifs. Ils forment une barrière qui me protège
contre la marée de ma peur. Qui me protège surtout
de lui. Je m'inquiète... non, je ne me retourne pas.
Et maintenant la rue, et en bas, la rivière. Je descends. J'essaie déjà de glisser, de me briser le cou, de
me perdre quelque part. Si j'avais pu tuer ma mémoire, et retourner vivre ensuite, je l'aurais fait. Ça
m'aurait pris moins de courage.

   Je n'ose pas encore regarder la rivière. Je cherche
des roches pour emplir mon sac. Je veux que ce soit
la seule fois. J'essaie en même temps de haïr quelqu'un mais je n'y arrive pas et ça me ralentit. Il n'y a
pas grand-chose, surtout des tiges et de la neige, et
de la glace. Mais elle fondrait. Ça ne servirait à rien.
Je remonterais comme un ballon hideux sur l'eau.
Ce serait pire à voir que mon front ensanglanté. Qui
est là-haut? Qui me regarde comme ça? Rien qu'un

oiseau que j'ai dû réveiller. Mais cette respiration, ce souffle rauque... les oiseaux ne respirent pas, ils ne font que chanter. ALORS QUI EST LÀ? Personne, Élise. Reste tranquille. Tu entends le bruit de l'eau.

Je commence à rassembler un petit tas de roches. Lorsque j'en aurai suffisamment, j'emplirai le sac et je sortirai la corde pour me ligoter les pieds. Ainsi, je serai certaine de n'avoir à faire tout cela qu'une fois. Voilà ce qu'elle sera devenue, leur belle Élise. Meilleure que sa sœur, meilleure que tout le monde. Les poissons regarderont passer sa gloire, jusqu'au fleuve peut-être. Un malaise. La pointe d'un regard sur ma nuque. Tous ces carreaux aveugles, se pourrait-il qu'une silhouette... Non, ce n'est pas ça, on ne me voit pas. Pourtant. Le doute, la méfiance, ou la nécessité de m'assurer une dernière fois... Je cours, je remonte la pente. Je longe tranquillement le mur d'une maison. En face, de l'autre côté de la rue, quelqu'un fait pareil. Une ligne d'ombre plus épaisse qui s'écarte, qui remue. Je sais que c'est lui. Il m'a suivie et il attend, immobile, curieux, comme un chat qui regarde longuement la souris. Il approchera quand je serai au fond de l'eau. Sans bouger, il me laisse faire, sans bouger... et il me pardonnera. Comme il l'a toujours espéré: me pardonner le pire.

Il faut que je parte d'ici. Il faut que je lui échappe. Je cours entre les arbres, le long des clôtures. J'ai envie de hurler. Comment tuer cet homme, cette ville en entier? Comment tout effacer? Ils sont là, autour de moi, dans la pénombre. Je devine l'éclat de leurs yeux, leurs sourires invisibles, et leurs mots que je connais par cœur. Ils posent sur moi leurs regards baignés de tendresse, m'enveloppent de leurs caresses, mais toutes ces mains tendues, ces yeux braqués sur ma peau, j'ai envie de les arracher. Ils m'ont tout volé, ils m'ont tout pris, jusqu'à la moindre parcelle de mon âme. Je me sens morte, vide, dévastée. Quand commenceront-ils à comprendre ce qu'ils m'ont fait? Sauront-ils que c'est leur amour que je ne peux plus supporter? Comprendront-ils que ce n'est pas moi qu'ils aimaient, mais un être irréel, trop parfait, qui n'a jamais existé? Si les gens avaient été capables de me haïr rien qu'une seconde, rien qu'une fois, j'aurais pu rester.

Un hangar. Je pourrais m'y cacher. Le ciel est sali de lumière par là. Je longe les maisons. J'ai l'impression que les gens sont aux fenêtres et qu'ils m'épient. Un mouvement dans l'ombre. Il y a un chat derrière les barreaux de la galerie qui me regarde passer. Ce vacarme que j'entends, est-ce mon cœur qui cogne? Bientôt le pont. J'aimerais me cacher dessous mais je n'y arrive pas. J'ai peur. J'essaie de ne plus courir. Je ne remarque même plus que je cours. L'église se dresse, avec ses clochers gris accrochés au ciel. Personne. Je traverse la rue. Je tente d'ouvrir les portes, mais elles sont toutes verrouillées. Sauf la dernière, qui mène au sous-sol. Je descends dans l'antichambre. Je m'assois au fond, contre le mur humide, les fesses sur le ciment froid. Je suis sûre qu'il va venir. Ce n'est qu'une question de temps. Je me sens comme une petite bête traquée. J'imagine son visage fou dans le carreau de la porte, ses yeux brillants comme des morceaux de glace. J'entends une voix qui geint doucement. Ou est-ce le vent qui s'inflitre par l'interstice de la porte? Ou le miaulement d'un chat? Si j'avais pu entrer dans l'église, me mettre à l'abri.

Je me souviens d'un autre temps. Cette même église. La forte odeur des fleurs m'écœurait. Crispée, les mains moites, je me débats pour éloigner le passé qui m'engloutit, qui déferle sur moi. À coups de pieds. Il est encore possible de retourner à la chambre, de reprendre le silence des jours. Non. Il est encore possible de sortir d'ici, de marcher vers lui, d'aller frapper à la vitre de sa voiture pour voir s'il y est encore. Non. Je mens. Je savais même là-bas, derrière la maison, qu'il me suivait. Je sais qu'il est dehors, quelque part, et qu'il me cherche. Si je marche vers lui maintenant, si j'ouvre seulement les bras, il va me pardonner.

Je vais compter jusqu'à cent. Peut-être qu'ensuite, je sortirai.

La porte de bois grince et se referme en claquant. Ce n'est pas tout à fait le matin, comme si la lumière était trop laiteuse, trop épaisse pour briller. Toute cette lourdeur du ciel qui fait ployer les arbres. Je lève les yeux. Il y a un homme assis sur une marche, devant l'église. Il pleure. Antoine.

Peut-être devrais-je m'avancer vers lui, poser ma main sur son bras. Peut-être qu'il le faudrait. Pourtant, je ne bouge pas. Je vois à peine son visage déformé par le chagrin. Je l'entends balbutier quelque chose; on dirait un appel, une prière qui me serait adressée. C'est par pure lâcheté que j'ai envie d'aller le rejoindre, que je pourrais franchir les vingt pas qui me séparent de lui. Aveuglément, je dois tenir. Fébrile. Soûle de peur. Sa voix me parvient, mais je ne distingue aucun mot. Qu'est-ce qu'il dit? Est-ce mon nom qu'il prononce? Si je le voulais, je n'aurais qu'à m'approcher un peu, qu'à me pencher pour lui chuchoter: «J'attends un enfant, Antoine, mais il n'est pas de toi.» Peut-être, il faudrait le lui répéter: «Mais il n'est PAS DE TOI.» Je me souviens de ses yeux caressants, doux comme du velours. Je me rappelle maintenant pourquoi je me suis mise à ne plus les supporter.

Il pleure. Je vois ses mains souillées de boue, ses mèches de cheveux collées sur son crâne, ses épaules larges que le chagrin ballotte comme la houle. Je ferme les yeux. Je n'irai pas. Je souffre mais je trouve la force de ne pas crier. Tout est perdu. Inutile d'essayer encore; aucune méchanceté ne tuera l'amour qu'il me porte. Même l'injurier, le maudire, même lui cracher à la figure ne servirait à rien. Même la pire des offenses, celle que j'avais imaginée insoutenable: lui donner un enfant qu'il n'a pas fait, l'obliger à aimer l'enfant d'un autre. J'avais tout machiné pour tenter de détruire son amour. Pourtant, jamais je n'arriverai à lui infliger une douleur assez grande pour me libérer de lui.

J'ai toujours la corde dans mon sac, peut-être que plus loin, j'aurai une autre chance. Loin d'ici, ailleurs, là où j'aurai le chemin à moi toute seule. Je recule. Il faut que ça cesse. Gruger mes chaînes, que je disais. Tranquillement. Comme ça. Tu m'as ratée. Tu vois, je recule, je m'éloigne. Tu pleures en vain. Tes caresses, tes faveurs n'ont servi qu'à me perdre. Tu m'as ratée pour toujours. Il suffit de compter sur ses doigts. Huit, neuf, dix. Sans respirer. S'effacer. Disparaître. Mourir. Marcher. Mes pieds. La route.

*

Elle a traversé le parc derrière l'église, sans se
rendre compte qu'elle courait. Elle courait toujours
lorsqu'elle a parcouru la rue Saint-Jacques jusqu'à la
rue Saint-Marc, puis a traversé la rue principale en
direction des hangars de l'*Empire Shirt Company*. Elle
portait un manteau bleu indigo et un sac qui paraissait trop grand pour elle. C'était en mars, et les
flaques d'eau dans les rues étaient recouvertes d'une
mince pellicule de glace qui allait fondre plus tard
dans la journée. Elle a dû marcher jusqu'à l'autre
bout de la ville en passant par le quartier de l'hôpi-
tal, puis arrêter une voiture sur la route 138 en direction de Montréal, peut-être tout près de la station-service Fina. À moins qu'elle ne se soit arrêtée
bien avant, sur le petit pont de la rue Sainte-Élisa-
beth. Car la ville est cernée par deux rivières, et il
faut nécessairement traverser l'une ou l'autre pour
réussir à la quitter.

Achevé   Imprimerie
d'imprimer Gagné Ltée
au Canada Louiseville